El amor molesto

El amor molesto

Elena Ferrante

Traducción de
Juana Bignozzi

Lumen

narrativa

Papel certificado por el Forest Stewardship Council®

MIXTO
Papel procedente de fuentes responsables
FSC® C117695
FSC
www.fsc.org

Título original: *L'amore molesto*

Primera edición: marzo de 2018

Printed in Spain – Impreso en España

ISBN: 978-84-264-0526-5
Depósito legal: B-334-2018

Compuesto en M. I. Maquetación, S. L.
Impreso en Egedsa
Sabadell (Barcelona)

H 4 0 5 2 6 5

Penguin
Random House
Grupo Editorial

A mi madre

1

Mi madre se ahogó la noche del 23 de mayo, día de mi cumpleaños, en el trecho de mar frente a la localidad que llaman Spaccavento, a pocos kilómetros de Minturno. Justamente en esa zona, a finales de los años cincuenta, cuando mi padre todavía vivía con nosotras, en verano alquilábamos un cuarto en una casa de campesinos y pasábamos el mes de julio durmiendo cinco en unos pocos metros cuadrados mareados de calor. Todas las mañanas las chicas tomábamos un huevo fresco, cortábamos hacia el mar entre cañas altas por caminos de tierra y arena e íbamos a bañarnos. La noche que murió mi madre la propietaria de aquella casa, que se llamaba Rosa y ya tenía más de setenta años, oyó llamar a la puerta pero no abrió por miedo a los ladrones y asesinos.

Mi madre había tomado el tren para Roma dos días antes, el 21 de mayo, pero nunca llegó. En la última época venía a pasar unos días conmigo por lo menos una vez al mes. No estaba contenta de tenerla en casa. Se despertaba al alba y, según su costumbre, limpiaba de arriba abajo la cocina y la sala de estar. Trataba de volver a dormirme, pero no lo lograba: rígida entre las sábanas, tenía la impresión de que con su ajetreo transformaba mi cuerpo en el de una niña con arrugas. Cuando llegaba con el café, me acurrucaba a un lado para que no me rozara al sentarse en el borde de la cama. Su sociabilidad me fastidiaba: salía a hacer la compra y se familiarizaba con los comerciantes con los que yo, en diez años, no había cambiado más de dos palabras; iba a pasear por la ciudad con sus conocidos ocasionales; se hacía amiga de mis amigos, a los que les contaba las historias de su vida, siempre las mismas. Con ella yo solo sabía ser contenida y poco sincera.

Se volvía a Nápoles a mi primera muestra de impaciencia. Recogía sus cosas, daba un último repaso a la casa y prometía volver pronto. Yo andaba por las habitaciones reacomodando según mi gusto todo lo que ella había acomodado según el suyo. Volvía a poner el salero en el compartimiento donde lo tenía desde hacía años, devolvía el detergente al lugar que siempre me había parecido conveniente, deshacía su orden en mis cajones, devolvía el caos al cuarto donde trabajaba. También el olor de su presencia —un perfume que dejaba en la casa una sensación de inquietud—, al cabo de poco tiempo pasaba, como en verano el olor de una lluvia de breve duración.

A menudo sucedía que perdía el tren. En general, llegaba con el siguiente o directamente un día después, pero yo no lograba acostumbrarme y me volvía a preocupar. Le telefoneaba ansiosa. Cuando finalmente oía su voz, le reprochaba con cierta dureza: «¿Cómo es que no has cogido el tren, por qué no me has avisado?». Ella se justificaba sin demasiado interés, preguntándose divertida qué me imaginaba que podía sucederle a su edad. «Todo», le contestaba. Siempre imaginaba una trama de acechanzas tejida a propósito para hacerla desaparecer del mundo. Cuando era pequeña pasaba el tiempo de sus ausencias esperándola en la cocina, tras los cristales de la ventana. Anhelaba que reapareciera al fondo de la calle, como una figura en una esfera de cristal. Respiraba contra el cristal, empañándolo, para no ver la calle sin ella. Si tardaba, la ansiedad se hacía tan incontenible que se desbordaba en estremecimientos de mi cuerpo. Entonces escapaba a un desván sin ventanas y sin luz eléctrica, justo al lado del cuarto de ella y de mi padre. Cerraba la puerta y me quedaba en la oscuridad, llorando en silencio. Ese cuartito era un antídoto eficaz. Me inspiraba un terror que frenaba el ansia por la suerte de mi madre. En la oscuridad intensa, asfixiada por el DDT, era agredida por formas coloreadas que durante unos pocos segundos me lamían las pupilas y me dejaban sin aliento. «Cuando vuelvas, te mataré», pensaba, como si hubiera sido ella la que me hubiese encerrado allí. Luego, apenas sentía su voz en el corredor, me escurría fuera, deprisa, para ir a dar vueltas a su alrededor con indiferencia. Volví a acordarme de ese cuartito cuando me di cuenta de que había partido como de costumbre, pero nunca había llegado.

Por la noche recibí la primera llamada. Mi madre me dijo con tono tranquilo que no podía contarme nada: con ella estaba un hombre que se lo impedía. Luego se puso a reír y colgó. En un primer momento, prevaleció en mí el estupor. Pensé que quería bromear y me resigné a esperar una segunda llamada. En realidad, dejé pasar las horas en conjeturas, sentada inútilmente al lado del teléfono. Solo después de medianoche me dirigí a un amigo policía; fue muy amable: me dijo que no me inquietara, que él se ocuparía. Pero pasó la noche sin que se tuvieran noticias de mi madre. Lo único cierto era su partida: la viuda De Riso, una mujer sola de su misma edad, con quien desde hacía quince años alternaba períodos de buena vecindad con otros de enemistad, me dijo por teléfono que la había acompañado a la estación. Mientras hacía cola para sacar el billete, la viuda le había comprado una botella de agua mineral y una revista. El tren estaba lleno, pero de todos modos mi madre había encontrado un lugar al lado de la ventanilla en un compartimiento atestado de militares con permiso. Se habían despedido, recomendándose mutuamente tener cuidado. ¿Cómo iba vestida? Como de costumbre, con ropa que tenía desde hacía años: falda y chaqueta azul, un bolso de piel negra, zapatos viejos de medio tacón, una maleta gastada.

A las siete de la mañana mi madre llamó de nuevo. Aunque yo la acosé a preguntas («¿Dónde estás?» «¿Desde dónde llamas?» «¿Con quién estás?»), se limitó a soltarme en voz muy alta, desgranándolas con gusto, una serie de expresiones obscenas en dialecto. Luego colgó. Esas obscenidades me causaron una desordenada regresión. Volví a llamar a mi amigo y lo asombré con una confusa mezcla de italiano y de expresiones dialectales. Quería saber si mi madre estaba especialmente deprimida últimamente. Lo ignoraba. Admití que ya no estaba como antes, tranquila, pacíficamente divertida. Reía sin motivo, hablaba demasiado; pero las personas ancianas a menudo hacen eso. También mi amigo estuvo de acuerdo: era muy común que los viejos, con los primeros calores, hicieran cosas raras; no había que preocuparse. Yo, en cambio, seguí preocupándome, y recorrí de punta a punta la ciudad buscando sobre todo en aquellos lugares por donde sabía que le gustaba pasear.

La tercera llamada llegó a las diez de la noche. Mi madre habló confusamente de un hombre que la seguía para llevársela envuelta en una alfombra. Me pidió que corriera a ayudarla. Le supliqué que me dijera dónde estaba. Cambió de tono, y me contestó que era mejor que no. «Enciérrate, no abras a nadie», me pidió. Aquel hombre también quería hacerme daño a mí. Luego agregó: «Ve a dormir. Ahora voy a bañarme». No supe nada más.

Al día siguiente dos chicos vieron su cuerpo flotando a pocos metros de la orilla. Llevaba solo el sujetador. No se encontró la maleta. No se encontró el traje chaqueta azul. Tampoco se encontraron la ropa interior, las medias, los zapatos ni el bolso con los documentos. Pero tenía en el dedo el anillo de compromiso y la alianza. En las orejas llevaba unos pendientes que mi padre le había regalado medio siglo antes.

Vi el cuerpo, y frente a aquel objeto lívido sentí que tal vez debía aferrarme a él para no terminar quién sabe dónde. No había sido violada. Presentaba solo algunas esquimosis, debidas a las olas, por otra parte suaves, que la habían empujado durante toda la noche contra algunos escollos a flor de agua. Me pareció que alrededor de los ojos tenía restos de un maquillaje que debía de haber sido muy marcado. Observé largamente, con desagrado, sus piernas oliváceas, extraordinariamente jóvenes para una mujer de sesenta y tres años. Con el mismo desagrado me di cuenta de que el sujetador estaba lejos de ser uno de aquellos gastados que acostumbraba a usar. Las copas eran de un encaje finamente trabajado y dejaban ver los pezones. Estaban unidas entre sí por tres V bordadas, marca de una tienda napolitana de costosa lencería femenina, la de las hermanas Vossi. Cuando me lo devolvieron, junto con sus pendientes y sus anillos, lo olfateé largamente. Tenía el olor penetrante de la tela nueva.

2

Durante el entierro me sorprendí pensando que, finalmente, ya no tenía la obligación de preocuparme por ella. Después advertí un flujo tibio y me sentí mojada entre las piernas.

Estaba a la cabeza del cortejo de parientes, amigos y conocidos. Mis dos hermanas se apretaban a mis lados. Sostenía a una del brazo porque temía que se desvaneciera. La otra se aferraba a mí como si los ojos, demasiado hinchados, le impidieran ver. Aquel flujo involuntario del cuerpo me espantó como la amenaza de un castigo. No había logrado verter una lágrima: no habían aflorado o tal vez no había querido que afloraran. Además, había sido la única en desperdiciar algunas palabras para justificar a mi padre, que no había mandado flores ni asistido al entierro. Mis hermanas no me habían ocultado su desaprobación y parecían empeñadas en demostrar públicamente que tenían lágrimas suficientes para llorar también las que ni yo ni mi padre vertíamos. Me sentía acusada. Cuando, durante un trecho, flanqueó el cortejo un hombre de color que llevaba al hombro ciertas pinturas montadas en un bastidor, la primera de las cuales (visible sobre su espalda) representaba toscamente a una gitana poco vestida, esperé que ni ellas ni los parientes se dieran cuenta. El autor de aquellos cuadros era mi padre. Tal vez en aquel momento estaba trabajando en sus telas. Seguía haciendo copia tras copia de aquella gitana odiosa, vendida por las calles y las ferias de provincia durante años, obedeciendo, como siempre, por algunas liras, al encargo de feos cuadritos de vacaciones pequeñoburguesas. La ironía de las líneas que enlazan tanto los encuentros como las separaciones y los viejos rencores, había enviado al entierro de mi madre, no a él, sino su pintura elemental, detestada por nosotras, sus hijas, más de lo que detestábamos a su autor.

Me sentía cansada de todo. Desde que había llegado a la ciudad no había parado. Durante días había acompañado a mi tío Filippo, el hermano de mi madre, a través del caos de los despachos, entre pequeños mediadores capaces de agilizar el procedimiento burocrático de los expedientes o comprobando por nosotros mismos, después de largas colas en las ventanillas, la buena disposición de los empleados para superar obstáculos insalvables a cambio de sustanciosas propinas. A veces mi tío había logrado obtener algún efecto ostentando la manga vacía de la chaqueta. Había perdido el brazo derecho en edad avanzada, a los cincuenta y seis años, trabajando en el torno en un taller de la periferia, y desde entonces usaba aquella invalidez para pedir favores, o para augurar a quien se los negaba su misma desgracia. Pero los mejores resultados los había obtenido desembolsando mucho dinero extra. De ese modo nos habíamos procurado los documentos necesarios, las autorizaciones de no sé cuántas autoridades competentes verdaderas o inventadas, un entierro de primera clase y, lo más difícil, un lugar en el cementerio.

Mientras tanto, el cuerpo muerto de Amalia, mi madre, descuartizado por la autopsia, se había vuelto cada vez más pesado a fuerza de arrastrarlo con nombre y apellido, fecha de nacimiento y fecha de defunción, delante de empleados a veces descorteses y a veces insinuantes. Sentía la urgencia de desembarazarme de él y, sin embargo, aún no suficientemente agotada, había querido llevar el ataúd a hombros. Me lo concedieron con renuencia: las mujeres no llevan ataúdes a hombros. Fue una pésima idea. Como los que transportaban el cajón conmigo (un primo y mis dos cuñados) eran más altos, durante todo el recorrido temí que la madera se me clavase entre la clavícula y el cuello junto con el cuerpo que contenía. Cuando depositamos el ataúd en el coche y este se puso en marcha, habían bastado algunos pasos y un alivio culpable para que la tensión se precipitase en aquel borbotón secreto del vientre.

El líquido caliente que salía de mí sin que yo lo quisiese me dio la impresión de una señal convenida entre extraños dentro de mi cuerpo. El cortejo fúnebre avanzaba hacia la plaza Carlo III. La fachada amarillenta del asilo me parecía contener con dificultad la presión del barrio Incis que pesaba sobre ella. Los caminos de la memoria topográfica me parecieron inestables como una bebida efervescente que, si se agita, se desborda en espuma. Sentía la ciudad disuelta por el calor, bajo una luz gris y polvorienta, y repasaba mentalmente el relato de la infancia y de la adolescencia, que me empujaba a vagar por la Escuela de Veterinaria hasta el Jardín Botánico, o por las piedras, siempre húmedas, cubiertas por verdura marchita del mercado de San Antonio Abad. Tenía la impresión de que mi madre se estaba llevando también los lugares, incluso los nombres de las calles. Miraba mi imagen y la de mis hermanas en el cristal, entre las coronas de flores, como una foto tomada con poca luz, inútil en el futuro para la memoria. Me anclaba con la suela de los zapatos al adoquinado de la plaza, aislaba el olor de las flores acomodadas en el coche, que llegaba ya viciado. En cierto momento temí que la sangre empezase a correrme a lo largo de los tobillos y traté de alejarme de mis hermanas. Fue imposible. Debía esperar que el cortejo doblase la plaza, subiera por la calle Don Bosco y se disolviese finalmente en un atasco de coches y gente. Tíos, tíos abuelos, cuñados y primos empezaron a abrazarnos por turno: gente vagamente conocida, cambiada por los años, frecuentada solo durante la infancia, tal vez nunca vista. Las pocas personas que recordaba nítidamente no habían asistido. O tal vez estaban allí, pero no las reconocía porque desde la época de la infancia me habían quedado de ellas solo detalles: un ojo bizco, una pierna coja, el tinte levantino de una piel. En compensación, personas de las que ignoraba hasta el nombre me llevaron aparte recordándome viejas ofensas recibidas de mi padre. Jovenzuelos desconocidos pero muy afectuosos, hábiles en la conversación de circunstancias, me preguntaron cómo estaba, cómo me iba, qué trabajo hacía. Respondí: bien, me va bien, dibujo tebeos, y ellos ¿cómo estaban? Muchas mujeres arrugadas, completamente de negro salvo en la palidez de sus rostros, alabaron la extraordinaria belleza y bondad de Amalia. Algunos me estrecharon con tal fuerza y vertieron lágrimas tan copiosas, que vacilé entre una impresión de ahogo y una insoportable sensación de humedad que se extendía desde sus sudores y sus lágrimas hasta la ingle, a la altura de los muslos. Me sentí contenta por primera vez con el traje negro que me había puesto. Estaba a punto de marcharme cuando el tío Filippo hizo una de las suyas. En su cabeza de setentón que a menudo confundía pasado y presente, algún detalle debió de derribar unas barreras ya poco sólidas. Empezó a maldecir en dialecto en voz muy alta, ante el estupor de todos, agitando frenéticamente el único brazo que tenía.

«¿Has visto a Caserta?», preguntó dirigiéndose a mí y a mis hermanas, con el aliento cortado. Y repitió varias veces ese nombre conocido, un sonido amenazador de la infancia que me produjo una sensación de malestar. Luego agregó, morado: «Sin recato. En el entierro de Amalia. Si hubiera estado tu padre lo mataba».

No quería oír hablar de Caserta, puros estremecimientos infantiles. Fingí que no pasaba nada y traté de calmarlo, pero ni siquiera me oyó. Más bien me estrechó agitado, con su único brazo, como si quisiese consolarme por la afrenta de aquel nombre. Entonces me separé torpemente, prometí a mis hermanas que llegaría al cementerio a tiempo para la sepultura y volví a la plaza. Busqué con paso rápido un bar. Pregunté por el lavabo y entré en la trastienda, en un cuchitril hediondo con la taza asquerosa y un lavamanos amarillento.

El flujo de sangre era copioso. Tuve una sensación de náusea y un leve mareo. En la penumbra vi a mi madre con las piernas abiertas que desenganchaba un imperdible, se sacaba del sexo, como si estuvieran pegados, unos paños de lino ensangrentados, se volvía sin sorpresa y me decía con calma: «Sal, ¿qué haces aquí?». Estallé en llanto, por primera vez después de muchos años. Lloré golpeando con una mano casi a intervalos fijos en el lavamanos, como para imponer un ritmo a las lágrimas. Cuando me di cuenta, paré, me limpié lo mejor que pude con un kleenex y salí en busca de una farmacia.

Fue entonces cuando lo vi por primera vez.

—¿Puedo serle útil? —me preguntó cuando choqué con él: pocos segundos, el tiempo de sentir contra la cara la tela de su camisa, ver el capuchón azul de la estilográfica que sobresalía del bolsillo de la chaqueta, y mientras tanto registrar el tono incierto de la voz, un olor agradable, la piel caída del cuello, una masa tupida de cabellos blancos en perfecto orden.

—¿Sabe dónde hay una farmacia? —pregunté sin siquiera mirarlo, empeñada como estaba en una rápida separación que quería evitar el contacto.

—En la avenida Garibaldi —me respondió mientras restablecía un mínimo de distancia entre la masa compacta de su cuerpo huesudo y yo. Estaba como pegado, con su camisa blanca y la chaqueta oscura, a la fachada del Albergue de los Pobres. Lo vi pálido, bien afeitado, sin asombro en la mirada, no me gustó. Le di las gracias casi en un murmullo y me fui en la dirección que me había indicado.

Él me siguió con la voz, que pasó de cortés a un silbido apremiante y cada vez más atrevido. Me alcanzó un borbotón de obscenidades en dialecto, un mórbido reguero de sonidos que envolvió en un batido de semen, saliva, heces, orina, dentro de orificios de todo tipo a mí, a mis hermanas y a mi madre.

Me volví de golpe, tanto más estupefacta por cuanto los insultos carecían de motivo. Pero el hombre ya no estaba. Tal vez había cruzado la calle y se había perdido entre los coches, tal vez había doblado la esquina hacia San Antonio Abad. Lentamente dejé que los latidos del corazón se regularizasen y se evaporase una desagradable pulsión homicida. Entré en la farmacia, compré un paquete de tampones y volví al bar.

3

Llegué al cementerio en taxi, apenas a tiempo para ver bajar el ataúd a un hueco de piedra gris, que luego llenaron de tierra. Mis hermanas se fueron inmediatamente después de la ceremonia, en coche, con sus maridos y sus hijos. No veían la hora de volver a casa y olvidar. Nos abrazamos y prometimos vernos pronto, pero sabíamos que no sería así. Intercambiaríamos a lo sumo alguna llamada para medir cada tanto la creciente tasa de alejamiento recíproco. Hacía años que vivíamos las tres en ciudades distintas, cada una con su vida y un pasado en común que no nos gustaba. Las pocas veces que nos veíamos preferíamos callar todo lo que teníamos que decirnos.

Al quedarme sola, pensé que el tío Filippo me invitaría a su casa, donde me había alojado los días precedentes. Pero no lo hizo. Aquella mañana le había anunciado que tenía que ir a casa de mi madre, llevarme los pocos objetos de valor sentimental, cancelar los contratos de alquiler, luz, gas y teléfono; y él probablemente pensó que era inútil que me invitara. Se alejó sin saludarme, encorvado, arrastrando los pies, desgastado por la arteriosclerosis y por ese imprevisto ahogo de viejos rencores que le hacían vomitar insultos fantasiosos.

Así fui olvidada en la calle. La multitud de parientes se había retirado hacia las periferias de las que habían venido. Mi madre había sido enterrada por sepultureros maleducados en el fondo de un sótano maloliente de ceras y flores marchitas. Me dolían los riñones y tenía calambres en el vientre. Me decidí de mala gana; me arrastré a lo largo de las paredes ardientes del Jardín Botánico hasta la plaza Cavour, en un ambiente que se hacía aún más pesado por la contaminación de los automóviles y por el zumbido de sonidos dialectales que descifraba a regañadientes.

Era la lengua de mi madre, que por cierto había tratado inútilmente de olvidar junto con tantas otras cosas suyas. Cuando nos veíamos en mi casa, o yo venía a Nápoles en visitas rapidísimas de medio día, ella se esforzaba por usar un italiano desmañado y yo me deslizaba con fastidio, solo para ayudarla, en el dialecto. No un dialecto alegre o nostálgico, sino un dialecto sin naturalidad, usado con impericia, pronunciado a duras penas como una lengua extranjera mal conocida. En los sonidos, que articulaba con disgusto, se hallaba el eco de las disputas violentas entre Amalia y mi padre, entre mi padre y los padres de ella, entre ella y los padres de mi padre. Me impacientaba. Pronto volvía a mi italiano, y ella se acomodaba en su dialecto. Ahora que estaba muerta y que habría podido borrarlo para siempre junto con la memoria que transmitía, sentirlo en los oídos me causaba ansiedad. Lo usé para comprar una pizza rellena de *ricotta*. Comí con gusto después de varios días de casi ayuno, de pie, paseando por jardines destruidos con enfermizos laureles y escudriñando con la mirada entre los numerosos corrillos de ancianos. El agobiante vaivén de gente y coches cerca de los jardines me decidió a subir a la casa de mi madre.

El piso de Amalia estaba situado en la tercera planta de un viejo edificio apuntalado con tubos Innocenti. La casa pertenecía a esas construcciones del centro histórico semidesiertas de noche y habitadas de día por empleados que renuevan patentes, consiguen partidas de nacimiento o certificados de residencia, interrogan a ordenadores en busca de reservas o billetes para aviones, trenes y barcos, establecen pólizas de seguros contra robos, incendios, enfermedades, muerte, y compilan trabajosas declaraciones de renta. Los inquilinos comunes eran pocos, pero cuando mi padre, hacía más de veinte años —en el momento en que Amalia le había dicho que quería separarse de él y sus hijas la habíamos apoyado con firmeza en esa decisión— nos había echado a las cuatro de casa, afortunadamente habíamos encontrado allí un pequeño piso en alquiler. El edificio nunca me había gustado. Me inquietaba como una cárcel, un tribunal o un hospital. Mi madre, en cambio, estaba contenta: lo encontraba imponente. En realidad, era feo y sucio desde el gran portal, que era regularmente forzado cada vez que el administrador hacía reparar la cerradura. Las hojas eran polvorientas, ennegrecidas por la contaminación, con grandes pomos de latón que nunca se habían lustrado desde comienzos de siglo. En el largo y cavernoso pasaje, que desembocaba en un patio interior, durante el día siempre había alguien estacionado: estudiantes, transeúntes en espera del autobús que paraba tres metros más allá, vendedores de encendedores, de pañuelos de papel, de mazorcas o castañas asadas, turistas acalorados o que se protegían de la lluvia, hombres torvos de todas las razas en perenne contemplación de los escaparates que se extendían a lo largo de las dos paredes. Generalmente, estos últimos engañaban la espera no sé de qué mirando las fotos artísticas de un fotógrafo ya entrado en años que tenía el estudio en el edificio: parejas vestidas de novios, muchachas sonrientes y luminosas, jovencitos de uniforme con aire descarado. Años antes también se había expuesto durante un par de días una foto tamaño carnet de Amalia. Conminé al fotógrafo a que la retirara, antes de que mi padre pasase por allí, se encolerizase y destrozase el escaparate.

Crucé el patio interior con la mirada baja y subí la breve escalinata que daba a la puerta vidriada de la escalera B. El portero no estaba y me alegré. Entré en el ascensor deprisa. Era el único lugar de aquel caserón que me gustaba. En general no me agradaban aquellos sarcófagos de metal que subían veloces y caían a plomo apenas se tocaba el botón, abriendo un agujero en el estómago. Pero este tenía paredes de madera, puertas de vidrio con arabescos grises en los bordes, picaportes de latón trabajados, dos bancos elegantes frente a frente, un espejo y una iluminación suave; y arrancaba con un concierto de crujidos regulado por una reposada lentitud. Una máquina de fichas de los años cincuenta, panzuda y con el pico arqueado dirigido al techo, pronta a tragar las fichas, emitía un sollozo metálico en cada piso. Desde hacía tiempo la cabina funcionaba con solo apretar un botón, así que había quedado inútilmente fijada en la pared de la derecha. Pero, aunque estropeara la calma vejez de aquel espacio, la máquina, en su abstinente vacuidad, no me disgustaba.

Me senté en un banco e hice lo que hacía de joven cada vez que necesitaba calmarme: en vez de apretar el botón con el número tres, me dejé llevar hasta el quinto piso. Aquel lugar había estado vacío y oscuro desde que, muchos años antes, el abogado que tenía el despacho allí se había ido llevándose hasta la bombilla que iluminaba el rellano. Cuando el ascensor se detuvo, dejé que la respiración se deslizase por el vientre y luego volviese lentamente hasta la garganta. Como siempre, después de algunos segundos, también se apagó la luz del ascensor. Pensé estirar la mano hacia el picaporte de uno de los batientes: bastaba tirar y la luz volvería. Pero no me moví, y seguí enviando la respiración al fondo del cuerpo. Únicamente se oía la carcoma que devoraba la madera del ascensor.

Solo pocos meses antes (¿cinco, seis?), en un impulso imprevisto le había revelado a mi madre, en el curso de una de mis visitas rápidas, que de adolescente me refugiaba en aquel lugar secreto, y la había llevado hasta allí arriba. Tal vez quería tratar de establecer entre nosotras una intimidad que nunca había existido, o tal vez quería confusamente hacerle saber que siempre había sido desdichada. Pero ella solo pareció muy divertida por el hecho de que me hubiese quedado suspendida en el vacío, en un ascensor desvencijado.

«¿Nunca tuviste un hombre en todos estos años?», le pregunté a quemarropa. Quería decir: ¿nunca tuviste un amante, después de haber dejado a mi padre? Era una pregunta muy anómala dentro de las preguntas posibles entre nosotras desde que era niña. Pero su cuerpo, sentado a pocos centímetros del mío en el banco de madera, no manifestó el menor desasosiego. Ni su voz, que fue segura y nítida: no. Ni una sola señal que pudiese inducirme a pensar que mentía. Por eso no tuve ninguna duda. Mentía.

«Tienes un amante», le dije gélidamente.

La reacción fue exagerada en comparación con su comportamiento siempre tan contenido. Se levantó el vestido hasta la cintura descubriendo unas bragas rosa altas y ensanchadas. Rió desganadamente y dijo algo confuso sobre la carne floja y el vientre caído, repitiendo: «Toca aquí», y tratando de agarrarme una mano para llevarla al vientre blanco e hinchado.

Me alejé y apoyé la mano en el corazón para calmar los latidos, muy rápidos. Ella soltó la falda de su vestido, que, sin embargo, le había dejado las piernas descubiertas, amarillas a la luz del ascensor. Estaba arrepentida de haberla llevado arriba, a mi refugio. Sobre todo deseaba que se cubriese. «Sal», le dije. Lo hizo; nunca me decía que no. Había bastado un solo paso tras cruzar las puertas abiertas para que desapareciera en la oscuridad. Al sentirme sola en la cabina experimenté cierto sereno placer. Con un gesto irreflexivo cerré las puertas. A los pocos segundos, la luz del ascensor se apagó.

«Delia», murmuró mi madre, pero sin inquietud. Nunca se inquietaba en mi presencia, y también en esa ocasión me había parecido que, por una vieja costumbre, en vez de buscar consuelo quería consolarme.

Me había quedado un momento saboreando mi nombre como un eco de la memoria, una abstracción que suena sin sonido en la cabeza. Me había parecido la voz, desde hacía tiempo inmaterial, de cuando ella me buscaba por la casa y no me encontraba.

Ahora estaba allí, e intentaba borrar deprisa la evocación de ese eco. Pero me quedó la impresión de no estar sola. Me espiaban, no aquella Amalia de unos meses antes que estaba muerta, sino yo misma que había salido al rellano para verme allí sentada. Cuando esto sucedía me detestaba. Sentí un poco de vergüenza al descubrirme muda en la cabina obsoleta, suspendida en el vacío y la oscuridad, oculta como en un nido sobre la rama de un árbol, con la larga cola de los cables de acero que pendía cansadamente del cuerpo del ascensor. Estiré la mano hacia la puerta y tanteé un poco antes de encontrar el picaporte. La oscuridad se retiró tras los cristales con arabescos.

Lo sabía desde siempre. Había una línea que no lograba cruzar cuando pensaba en Amalia. Tal vez estaba allí para lograr cruzarla. Pero me asusté, apreté el botón con el número tres y el ascensor se sacudió ruidosamente. Chirriando, empezó a bajar hacia el piso de mi madre.

4

Pedí la llave a la vecina, la viuda De Riso. Me la dio, pero se negó decididamente a entrar conmigo. Era gorda y recelosa, con un gran lunar en la mejilla derecha habitado por dos largos pelos grises, y los cabellos en dos bandas recogidos sobre la nuca con un enredo de trenzas. Vestía de negro, tal vez habitualmente, tal vez porque todavía llevaba el vestido del entierro. Se quedó en el umbral de la puerta de su casa para verme buscar la llave correcta. Pero la puerta no estaba cerrada con cuidado. Contrariamente a su costumbre, Amalia había usado una sola de las dos cerraduras, la que tenía dos vueltas. No había empleado la otra, que tenía cinco.

—¿Cómo es posible? —le pregunté a la vecina, abriendo la puerta.

La De Riso vaciló.

—Tenía la cabeza un poco ida —dijo, pero debió de considerar poco adecuada la expresión, porque agregó—: Estaba contenta.

Volvió a dudar; se veía que de buena gana hubiese chismorreado, pero temía al fantasma de mi madre que aleteaba por el hueco de la escalera, en el piso, y con seguridad también en su casa. Volví a invitarla a entrar con la esperanza de que me hiciese compañía con su charla. Lo rechazó resueltamente con un estremecimiento y se le pusieron los ojos rojos.

—¿Por qué estaba contenta? —pregunté.

Vaciló de nuevo y luego se decidió.

—Desde hacía algún tiempo venía a verla un señor alto, de muy buen aspecto…

La miré con hostilidad. Decidí que no quería que continuara.

—Era su hermano —dije.

La viuda De Riso entornó los ojos, ofendida; ella y mi madre eran amigas desde hacía mucho tiempo y conocía muy bien al tío Filippo. No era alto, ni de buen aspecto.

—Su hermano —señaló con falsa condescendencia.

—¿No? —pregunté despechada por aquel tono. Ella me saludó fríamente, y cerró la puerta.

Cuando se entra en la casa de una persona muerta recientemente, es difícil creerla desierta. Las casas no conservan fantasmas, pero mantienen los efectos de los últimos gestos de vida. Lo primero que oí fue el chorro de agua que llegaba desde la cocina, y durante una fracción de segundo, con una brusca torsión de lo verdadero y lo falso, pensé que mi madre no estaba muerta, que su muerte había sido solo el objeto de una larga y angustiosa fantasía iniciada quién sabe cuándo. Tenía la seguridad de que estaba en casa, viva, de pie delante del fregadero, lavando los platos y murmurando para sí misma. Pero los postigos estaban cerrados y el piso a oscuras. Encendí la luz y vi el viejo grifo de latón que vertía agua copiosamente en el fregadero vacío.

Lo cerré. Mi madre pertenecía a una cultura, ya desaparecida, que no concebía el desperdicio. No tiraba el pan viejo; usaba hasta la cáscara del queso, cocinándola en la sopa para que le diera sabor; casi nunca compraba carne, sino que le pedía al carnicero huesos de desecho para hacer caldo y los chupaba como si contuvieran sustancias milagrosas. Nunca habría dejado el grifo abierto. Usaba el agua con una parsimonia que se había transformado en un reflejo del gesto, del oído, de la voz. Si yo de niña dejaba que cayera hacia el fondo del fregadero aunque fuera un silencioso hilo de agua como una aguja de hacer punto, un segundo después me gritaba sin reproche: «Delia, el grifo». Me sentí inquieta: había desperdiciado más agua con esa distracción de las últimas horas de vida, que en toda su existencia. La vi flotar con la cara hacia arriba, suspendida en el centro de la cocina, sobre el fondo de los azulejos azules.

Cambié de ambiente enseguida. Di vueltas por el dormitorio recogiendo en una bolsa de plástico las pocas cosas que había querido: el álbum de fotos de la familia, un brazalete, su viejo vestido de invierno, que se remontaba a los años cincuenta y que también a mí me gustaba. El resto eran cosas que no hubieran aceptado ni los ropavejeros. Los pocos muebles eran viejos y feos, su cama se componía de una tela metálica y el colchón; las sábanas y las mantas estaban remendadas con un cuidado que, por su edad, no merecían. Me impresionó, en cambio, que el cajón donde acostumbraba a guardar la ropa interior estuviese vacío. Busqué la bolsa de ropa sucia y miré dentro. Solo había una camisa de hombre de buena calidad.

La examiné. Era una camisa azul, de talla mediana, comprada recientemente y elegida por un hombre joven o con gustos juveniles. El cuello estaba sucio, pero el olor de la tela no era desagradable: el sudor se había mezclado con una buena marca de desodorante. La doblé con cuidado y la puse en la bolsa de plástico junto con otras cosas. No era una prenda del estilo del tío Filippo.

Fui al baño. No había cepillo ni dentífrico. De la puerta colgaba su vieja bata azul. El papel higiénico se estaba terminando. Al lado de la taza había una bolsa de basura medio llena. Dentro no había residuos; en cambio, despedía aquel hedor de cuerpo fatigado que conserva la ropa sucia o hecha de tejido viejo, penetrado en cada fibra por los humores de décadas. Empecé a sacar, una prenda tras otra, con una leve repugnancia, toda la ropa interior de mi madre: viejas bragas blancas y rosa, con muchos remiendos y elásticos anticuados que sobresalían aquí y allá de la tela descosida, como las vías en los intervalos entre un túnel y otro; sujetadores deformados y gastados; camisetas agujereadas; elásticos para sostener las medias, de los que se usaban hace cuarenta años y que ella conservaba inútilmente; panties en estado penoso; enaguas pasadas de moda y fuera del comercio desde hacía tiempo, desteñidas y con las puntillas amarillentas.

Amalia, que siempre se había vestido con andrajos por pobreza pero también por la costumbre de no resultar atractiva, adquirida muchos años antes para calmar los celos de mi padre, parecía que de improviso había decidido desembarazarse de todo su guardarropa. Me volvió a la mente la única prenda que llevaba cuando la habían rescatado: el refinado sujetador nuevo y flamante, con las tres V que unían las copas. La imagen de sus senos encerrados en aquel encaje aumentó la inquietud que sentía. Dejé la ropa tirada por el suelo, sin fuerza para volver a tocarla, cerré la puerta y me apoyé contra ella.

Pero fue inútil: todo el cuarto de baño me pasó por encima y volvió a recomponerse delante de mí, en el corredor. Amalia estaba sentada en la taza y me miraba con atención mientras me depilaba. Me cubría las piernas con una capa de cera hirviendo para luego, gimiendo, despegármela decididamente de la piel. Ella, mientras tanto, me contaba que de joven se había cortado el vello negro de las piernas con las tijeras. Pero los pelos de las piernas habían vuelto a crecer enseguida, duros como las púas de un alambre espinoso. También en el mar, antes de ponerse el bañador, se recortaba con las tijeras los pelos del pubis.

Le puse mi cera a pesar de su resistencia. La extendí con cuidado por las piernas, por la parte interna de los muslos flacos y duros, por la ingle, reprochándole mientras tanto, con inmerecida dureza, su enagua remendada. Luego le quité la capa mientras me miraba sin pestañear. Lo hice sin cuidado, como si quisiese someterla a una prueba de dolor, y me dejó hacer sin chistar como si hubiese aceptado la prueba. Pero la piel no resistió. Primero se puso rojo fuego, y luego de pronto violácea, mostrando una red de capilares rotos. «No es nada, luego pasa», le dije mientras yo lamentaba débilmente haberla reducido a eso.

Pero me lamentaba más intensamente en aquel momento, mientras con un esfuerzo de voluntad trataba de alejar el cuarto de baño que estaba al otro lado de la puerta contra la que apoyaba los hombros. Para hacerlo me separé de la puerta, dejé palidecer por el corredor la imagen de sus piernas lívidas y fui a buscar mi bolso a la cocina. Cuando volví al baño, elegí con cuidado entre las bragas que yacían por el suelo la que me pareció menos estropeada. Me lavé y me cambié el tampón. Dejé mi braga en el suelo, entre las de Amalia. Al pasar delante del espejo, sin querer me sonreí para tranquilizarme.

Pasé no sé cuánto tiempo junto a la ventana de la cocina, escuchando el vocerío de la calle, el tráfico de las motocicletas, el roce de los pies por el adoquinado. La calle exhalaba un olor de agua estancada que subía por los tubos Innocenti. Estaba cansadísima, pero no quería tumbarme en la cama de Amalia ni pedir ayuda al tío Filippo, ni telefonear a mi padre ni llamar a la De Riso. Sentía pena por ese mundo de viejos desamparados, confusos entre imágenes de sí mismos que se remontaban a épocas antiguas, a veces de acuerdo y a veces en disputa con sombras de cosas y personas del tiempo pasado. Sin embargo, me era difícil mantenerme al margen. Me sentía tentada de enlazar voz con voz, cosa con cosa, hecho con hecho. Ya oía volver a Amalia, que quería observar cómo me cubría de crema, cómo me maquillaba y desmaquillaba. Ya empezaba a imaginarme con fastidio su vejez secreta, en la que jugaba con su cuerpo todo el día, como tal vez habría hecho de joven si mi padre no hubiese leído en esos juegos un deseo de gustar a otros, una preparación para la infidelidad.

5

Dormí apenas un par de horas, sin sueño. Cuando abrí los ojos, el cuarto estaba oscuro y por la ventana abierta entraba solo la claridad nebulosa de las farolas, que se difundía por un ángulo del techo. Amalia estaba allí como una mariposa nocturna, joven, tal vez de veinte años, envuelta en una bata verde, con el vientre hinchado por un embarazo avanzado. Aunque tenía la cara serena, se arrastraba sobre la espalda torciendo el cuerpo convulsamente en un espasmo doloroso. Cerré los ojos para darle tiempo a separarse del techo y volver a la muerte; luego los volví a abrir y miré el reloj. Eran las dos y diez. Me dormí de nuevo, pero solo unos minutos. Luego pasé a un sopor denso de imágenes, con las que sin querer empecé a hablarme sobre mi madre.

Amalia, en mi duermevela, era una mujer morena y peluda. Los cabellos, aunque ya era vieja y estaban aplastados por la sal del agua, le brillaban como la piel de una pantera y eran tupidos, crecían uno al lado del otro sin abrirse con el viento. Olían al jabón de la colada, pero no aquel jabón seco que tenía una escalera grabada en la superficie. Olían a jabón líquido, el de color marrón que se compraba en un sótano del que recordaba el picor del polvo en la nariz y en la garganta.

Aquel jabón lo vendía un hombre gordo y lampiño. Lo recogía

con una paleta y lo ponía en un papel amarillo y grueso, añadiéndole un aliento de sudor y de DDT. Yo corría jadeando a llevárselo a Amalia, sosteniendo el cucurucho y soplando por encima de las mejillas infladas para sacarme los olores del sótano y de ese hombre; corro de la misma manera ahora, con la mejilla sobre la almohada en la que ha dormido mi madre, aunque haya pasado tanto tiempo. Y ella, al verme llegar, ya se suelta los cabellos, que se deshacen como si se los hubiese esculpido en volutas sobre la frente y el ébano del peinado cambiase su estructura molecular bajo sus manos.

Los cabellos eran largos. Amalia nunca terminaba de soltárselos, y para lavarlos no había bastante jabón, se necesitaba todo el contenedor del hombre que lo vendía en el sótano, en el fondo de los escalones blancos de ceniza o de lejía. Sospechaba que a veces mi madre, escapando a mi vigilancia, los iba a sumergir directamente en el bidón, con el consentimiento del hombre de la tienda. Luego se volvía alegremente hacia mí con la cara mojada, el agua corriéndole por la nuca desde el grifo de casa, las pestañas y las pupilas negras, las cejas trazadas con lápiz, apenas grisáceas por la espuma que, formando un arco sobre la frente, se rompía en gotas de agua y jabón. Las gotas le chorreaban por la nariz, hacia la boca, hasta que ella las capturaba con la lengua roja, y me parecía que decía: «Buenas».

No sabía cómo hacía para estar al mismo tiempo en dos lugares diferentes, para entrar toda en el bidón del jabón, allí en el subsuelo, con la enagua azul, los hilos de los tirantes que desde la espalda le caían por los brazos; y mientras tanto abandonarse al agua de nuestra cocina, que seguía revistiendo de una pátina líquida los mechones de sus cabellos. Ciertamente la había soñado así con los ojos abiertos, como hacía entonces por enésima vez, y por enésima vez experimentaba un doloroso embarazo.

El hombre gordo no se contentaba con mirar. En verano arrastraba el bidón al aire libre. Iba con el torso desnudo, quemado por el sol, y llevaba un pañuelo blanco alrededor de la frente. Rebuscaba en el recipiente con un largo palo y enroscaba sudando la masa brillante de los cabellos de Amalia. Mientras tanto, una apisonadora crepitaba un poco más allá y avanzaba lentamente con su gran cilindro de piedra gris. Lo guiaba otro hombre, fornido y musculoso, también con el torso desnudo, las axilas con el pelo rizado por el sudor. Llevaba unos pantalones cortos desabotonados de manera que mostraba, sentado, a la altura del vientre, una medrosa cavidad y, bien acomodado en el asiento de la máquina, controlaba cómo del bidón inclinado se vertía el alquitrán denso y brillante de los cabellos de Amalia que, al estirarse sobre el pedregullo, levantaba vapores y ondulaba el aire. Los cabellos de mi madre eran peces y se disipaban en pelos y pelusas lujuriosos que se intensificaban en los lugares prohibidos del cuerpo. Prohibidos para mí; no me permitía tocarla. Escondía la cara dándose la vuelta debajo de la cortina de la cabellera y ofrecía la nuca al sol para secarla.

Cuando sonó el teléfono, levantó la cabeza de golpe, tanto que los cabellos mojados del suelo volaron por el aire, lamieron el techo y volvieron a caer sobre la espalda con un chasquido que me despertó del todo. Encendí la luz. No me acordaba de dónde estaba el aparato, que entretanto seguía sonando. Lo encontré en el corredor, un viejo teléfono de los años sesenta que conocía bien, colgado de la pared. A mi «Hola» respondió una voz masculina, que me llamó Amalia.

—No soy Amalia —le dije—, ¿quién es?

Tuve la impresión de que el hombre del teléfono reprimió con dificultad una carcajada. Repitió:

—No soy Amalia —en falsete, y luego continuó en cerrado dialecto—: Déjame en el último piso la bolsa con la ropa sucia. Me la has prometido. Y escucha con atención: encontrarás la maleta con tus cosas. Te la he dejado allí.

—Amalia ha muerto —dije en tono tranquilo—. ¿Quién eres?

—Caserta —dijo el hombre.

El apellido sonó como suena el nombre del ogro en las fábulas.

—Yo me llamo Delia —respondí—. ¿Quién hay en el último piso? ¿Qué tiene suyo?

—Yo nada. Tú tienes algo mío —dijo el hombre de nuevo en falsete, desfigurando melindrosamente mi italiano.

—Ven aquí —le dije de manera persuasiva—, hablamos y te llevas lo que te sirva.

Se hizo un largo silencio. Esperé la respuesta, pero no llegó. El hombre no había colgado; simplemente había abandonado el auricular y se había ido.

Fui a la cocina y bebí un vaso de agua, un agua espesa, de pésimo sabor. Luego volví al teléfono y marqué el número del tío Filippo. Contestó después de que sonara cinco veces y, sin que lograra decir hola, me lanzó por el teléfono insultos de todo tipo.

—Soy Delia —dije con dureza. Noté que le costaba identificarme. Cuando se acordó de mí, empezó a farfullar excusas llamándome «hija mía» y preguntándome repetidamente si estaba bien, dónde me encontraba, qué había pasado.

—Me ha llamado Caserta —dije. Luego, antes de que reanudase el rosario de los insultos le ordené—: Calma.

6

Después volví al baño. Empujé con el pie mi braga sucia detrás del bidet, recogí la ropa interior de Amalia que había esparcido por el suelo y la volví a poner en la bolsa de basura. Luego salí al rellano. Ya no estaba deprimida ni inquieta. Cerré cuidadosamente la puerta de la casa con ambas llaves y llamé el ascensor.

Una vez dentro, apreté el botón del número cinco. En el último piso, dejé abierta las puertas del ascensor de manera que el espacio oscuro resultase al menos parcialmente iluminado. Descubrí que el hombre había mentido: la maleta de mi madre no estaba. Pensé volver abajo, pero cambié de idea. Coloqué la bolsa de basura en el rectángulo de luz que dejaba el ascensor y luego cerré las puertas. En la oscuridad, me acomodé en el ángulo del rellano, desde donde podía ver bien a cualquiera que saliese del ascensor o subiera por la escalera. Me senté en el suelo.

Desde hacía décadas Caserta era para mí una ciudad de la prisa, un lugar de la inquietud donde todo es más veloz que en otros lugares. No la ciudad real con un parque del siglo XVIII, rico en agua y cascadas, al que había ido de pequeña el lunes después de Pascua, entre multitud de excursionistas, confundida en el clan inacabable de parientes, a comer salami de Secondigliano y huevos duros dentro de una masa grasa y pimentada. De esa ciudad y de ese parque el conjunto de letras conservaba solo el agua que cae veloz y el placer aterrorizado de perderme entre los gritos cada vez más lejanos que me llamaban. En cambio, lo que mis emociones menos verbalizables registraban con el nombre de Caserta ocultaba sobre todo la náusea del corro, el vértigo y la falta de aire. A veces ese lugar, que pertenecía a la memoria menos fiable, estaba hecho de una escalinata débilmente iluminada y de una baranda de hierro forjado. Otras veces era una mancha de luz cortada por barras y cubierta por un tupido retículo, que observaba agazapada bajo tierra, en compañía de un niño llamado Antonio que me sujetaba fuerte de la mano. Los sonidos que la acompañaban, como la banda sonora de una película, eran pura confusión, un trompetazo imprevisto, como cosas primero en orden que de pronto se arruinaban. El olor era el de la hora de la comida o de la cena, cuando de cada puerta, por el hueco de la escalera, se mezclaban los perfumes de las cocinas más variadas, aunque estropeadas por un tufo de moho y telarañas. Caserta era un lugar donde no debía ir, un bar con un cartel, una mujer morena, palmeras, leones, camellos. Tenía el sabor de los confites en las bomboneras, pero estaba prohibido entrar. Si las niñas lo hacían no volvían a salir de allí. Tampoco mi madre debía entrar, pues mi padre la mataría. Caserta era un hombre, una silueta de tela oscura. La silueta giraba colgada de un hilo, primero una vuelta hacia aquí, luego una hacia allá. No era lícito hablar de él. A menudo Amalia era perseguida por la casa, alcanzada, golpeada en el rostro primero con el dorso de la mano, luego con la palma, solo porque había dicho: «Caserta».

Esto, en mis recuerdos menos fechables. En los más nítidos era la misma Amalia la que hablaba en secreto de él, de ese hombre-ciudad hecho de cascadas y setos y estatuas de piedra y pinturas de palmeras con camellos. A mí, que jugaba debajo de la mesa con mis hermanas, no me hablaba de él. No hablaba a las otras, a las mujeres que junto con ella cosían guantes a domicilio. Tenía en alguna parte del cerebro ecos de frases. Me había quedado una en la mente, muy nítida. Ni siquiera eran palabras, ya no lo eran; eran sonidos compactos materializados en imágenes. Ese Caserta, decía mi madre en un susurro, la había empujado a un rincón y había tratado de besarla. Yo, al escucharla, veía la boca abierta de ese hombre, con dientes blanquísimos y una lengua larga y roja. La lengua asaeteaba más allá de los labios y luego volvía a entrar a una velocidad que me hipnotizaba. En los años de la adolescencia cerraba los ojos a propósito para reproducir a gusto esa escena en mi interior, y contemplarla mezclando la atracción y la repulsión. Pero lo hacía sintiéndome culpable, como si hiciese algo prohibido. Ya entonces sabía que en esa imagen de la fantasía había un secreto que no se podía desvelar, no porque una parte de mí no supiese cómo lograrlo, sino porque, si lo hubiera hecho, la otra parte se habría negado a nombrarlo y me habría expulsado de sí.

Por teléfono, poco antes, el tío Filippo me había dicho algunas cosas que ya conocía confusamente: él hablaba y yo lo sabía. Se podía resumir así: Caserta era un hombre indigno. De muchacho había sido amigo de él y de mi padre. Con mi padre, en la posguerra, habían logrado hacer buenos negocios; parecía un joven límpido, sincero. Pero había puesto los ojos en mi madre. Y no solo en ella: ya estaba casado, tenía un hijo, pero molestaba a todas las mujeres del barrio. Cuando sucedió lo que había agotado la paciencia, mi tío y mi padre le dieron una lección. Y Caserta, con su mujer y su hijo, se fueron a otra parte. Concluyó en un dialecto amenazador:

—No quería quitársela de la cabeza. Entonces hicimos que se le pasaran para siempre las ganas.

Silencio. Había visto sangre entre gritos e insultos. Fantasmas sobre fantasmas. Antonio, el niño que me daba la mano, se había precipitado abajo, al fondo más oscuro del subsuelo. Durante un instante había sentido la violencia doméstica de mi infancia y mi adolescencia, que volvía a mis ojos y oídos como si chorreara a lo largo de un hilo que me unía a ella. Pero por primera vez me di cuenta de que entonces, después de tantos años, eso era lo que quería.

—Voy —propuso el tío Filippo.

—¿Qué quieres que haga con un viejo de setenta años?

Quedó confundido. Antes de colgar le juré que lo llamaría si volvía a aparecer Caserta.

En aquel momento estaba en el rellano esperando. Pasó por lo menos una hora. Del hueco de la escalera llegaba el resplandor de las luces de los otros pisos, que, una vez acostumbrada a la oscuridad, me permitía controlar todo el espacio. Nada sucedió. Hacia las cuatro de la mañana el ascensor tuvo un brusco sobresalto y el indicador pasó del verde al rojo. La cabina bajó.

De un salto fui hasta la barandilla: lo vi oscilar pasado el cuarto piso y detenerse en el tercero. Las puertas se abrieron y se cerraron. Luego, de nuevo silencio. También desapareció el eco de las vibraciones que emitían los cables de acero.

Esperé un poco, tal vez cinco minutos; luego bajé con cautela al piso de abajo. Allí había una luz amarillenta; las tres puertas que daban al rellano pertenecían a las oficinas de una compañía de seguros. Bajé otro tramo y di vueltas alrededor de la cabina cerrada y oscura. Quería mirar dentro, pero no lo hice debido a la sorpresa: la puerta de la casa de mi madre estaba abierta de par en par y las luces encendidas. En el umbral estaba la maleta de Amalia y al lado su bolso de piel negra. Instintivamente quise precipitarme hacia esos objetos, pero a mi espalda oí el golpe de las puertas acristaladas del ascensor. La luz iluminó la cabina y me mostró a un hombre anciano, cuidado, atractivo a su manera, con el rostro oscuro y descarnado bajo la masa de cabellos blancos. Estaba sentado en uno de los bancos de madera, tan inmóvil que parecía la ampliación de una vieja foto. Me observó durante un segundo con una mirada amistosa, levemente melancólica. Luego la cabina empezó a subir con estruendo.

No tuve dudas. El hombre era el mismo que me había desgranado su rosario de obscenidades durante el entierro de Amalia. Pero dudé en seguirlo por la escalera; pensé que debía hacerlo, pero me sentí clavada al suelo como una estatua. Miré los cables del ascensor hasta que se detuvo con el ruido de las puertas que se abrían y se cerraban deprisa. Algunos segundos después la cabina osciló de nuevo delante de mí. Antes de desaparecer hacia la planta baja el hombre me mostró sonriendo la bolsa de basura en la que estaba la ropa interior de mi madre.

7

No solo era fuerte, flaca, veloz y decidida, sino que me gustaba estar segura de serlo. Pero en aquella circunstancia no sé qué sucedió. Tal vez fue el cansancio, tal vez la emoción de encontrar abierta de par en par aquella puerta que había cerrado cuidadosamente. Tal vez quedé deslumbrada por la casa con las luces encendidas, por la maleta o el bolso de mi madre como una maravillosa evidencia en el umbral. O tal vez fue otra cosa. Fue la repulsión que sentí al percibir que la imagen de aquel hombre anciano detrás de los cristales con arabescos del ascensor por un instante me había parecido de una perturbadora belleza. Así que, en vez de seguirlo, permanecía inmóvil esforzándome por retener los detalles, aun después de que el ascensor hubiera desaparecido por el hueco de la escalera.

Cuando me di cuenta, me sentí sin energías, deprimida por la sensación de haberme humillado frente a aquella parte de mí que vigilaba cualquier posible desfallecimiento de la otra. Fui a la ventana a tiempo para ver al hombre que se alejaba por la calle a la luz de las farolas, erguido, con paso reflexivo, pero no desganado, con la bolsa que sostenía a la derecha con el brazo bien tenso y separado del costado, y cuyo fondo de plástico negro rozaba el adoquinado. Volví a la puerta y quise correr escaleras abajo. Pero me di cuenta de que la vecina, la señora De Riso, había aparecido en la franja vertical de luz cautamente abierta entre la puerta y el marco.

Llevaba un largo camisón de algodón rosa y me miraba con hostilidad, con el rostro cortado por la cadena que debía impedir la entrada a los malintencionados. Seguramente estaba allí desde hacía tiempo observando por la mirilla y escuchando.

—¿Qué pasa? —me preguntó con tono provocativo—. No has parado en toda la noche.

Estaba por contestarle también provocativamente, pero recordé que había aludido a un hombre con el que mi madre se encontraba y logré pensar a tiempo que debía contenerme si quería saber más de él. En aquel momento me veía obligada a desear que la alusión chismosa de la tarde, que me había fastidiado, se convirtiese en una charla detallada, conversación, resarcimiento para aquella vieja solitaria que no sabía cómo hacer que pasaran las noches.

—Nada —dije, tratando de normalizar mi respiración—, no logro dormir.

Ella farfulló algo sobre los muertos a los que les resulta difícil irse.

—La primera noche nunca dejan dormir —dijo.

—¿Oyó ruidos? ¿La molesté? —pregunté con falsa cortesía.

—Duermo poco y mal a partir de cierta hora. Y además echaste la llave; no has hecho más que abrir y cerrar la puerta.

—Es verdad —le contesté—, estoy un poco nerviosa. Soñé que aquel hombre del que me habló estaba aquí en el rellano.

La vieja comprendió que había cambiado el registro y estaba dispuesta a escuchar sus chismorreos, pero quiso asegurarse de que no iba a volver a rechazarla.

—¿Qué hombre? —preguntó.

—Ese que usted me dijo... que venía aquí, a visitar a mi madre. Me dormí pensando en él...

—Era un hombre de bien, que ponía de buen humor a Amalia. Le traía hojaldres, flores... Cuando venía los oía reír y hablar continuamente. Sobre todo se reía ella, con una risa muy fuerte que se oía desde el rellano.

—¿Qué se decían?

—No lo sé, no escuchaba. Me ocupo de mis cosas.

Hice un gesto de impaciencia.

—¿Pero Amalia nunca hablaba de él?

—Sí —admitió la viuda De Riso—, una vez que los vi salir juntos de la casa. Me dijo que era alguien al que conocía desde hacía más de cincuenta años, que era casi como un pariente. Y si es así tú también debes de conocerlo. Era alto, flaco, con el pelo blanco. Tu madre lo trataba casi como si fuese un hermano. Con confianza.

—¿Cómo se llamaba?

—No lo sé. Nunca me lo dijo. Amalia hacía lo que le parecía. Un día me contaba sus cosas, aunque yo no quisiera oírlas, y al día siguiente ni me saludaba. Sé lo de los hojaldres porque no los comían todos y me los daba a mí. También me regalaba las flores, porque el perfume le daba dolor de cabeza. En los últimos meses siempre le dolía la cabeza. Pero invitarme y presentármelo, nunca.

—Tal vez temía ponerla en una situación molesta.

—No; quería ir a su aire. Yo lo comprendí y me hice a un lado. Pero quiero decirte que no se podía confiar en tu madre.

—¿En qué sentido?

—No se comportaba como es debido. A ese señor lo vi solo aquella vez. Era un viejo atractivo, bien vestido, y cuando me crucé con él inclinó ligeramente la cabeza. Ella, en cambio, se volvió hacia el otro lado y me soltó una palabrota.

—Tal vez entendió mal.

—Entendí muy bien. Le había dado por decir palabrotas feísimas en voz alta, hasta cuando estaba sola. Y luego se echaba a reír. La oía desde aquí, desde mi cocina.

—Mi madre nunca dijo palabrotas.

—Las decía, las decía... Llegada una edad es necesaria cierta compostura.

—Es verdad —dije.

Y volví a recordar la maleta y el bolso en el umbral de la puerta de casa. Los percibí como objetos que, por el recorrido que debían de haber hecho, habían perdido la dignidad de ser cosas de Amalia. Quería tratar de devolvérsela. Pero la vieja, alentada por mi tono deferente, quitó la cadena de la puerta y salió al umbral.

—Total —dijo—, a esta hora ya no duermo.

Temí que quisiese entrar en casa y me apresuré a retirarme hacia el piso de mi madre.

—Yo, en cambio, trataré de dormir un poco —dije.

La viuda De Riso palideció y enseguida renunció a seguirme. Volvió a poner la cadena de la puerta con despecho.

—También Amalia quería entrar siempre en mi casa y nunca me invitaba a entrar en la suya —farfulló. Luego me dio con la puerta en las narices.

8

Me senté en el suelo y empecé por la maleta. La abrí, pero no encontré nada que pudiese reconocer como perteneciente a mi madre. Todo era nuevo y flamante: un par de zapatillas rosa, una bata de raso color arena, dos vestidos nunca usados, uno de un rojo herrumbre demasiado estrecho para ella y demasiado juvenil, otro más recatado, azul, pero con seguridad corto, cinco bragas de buena calidad, un neceser de piel marrón lleno de perfumes, desodorantes, cremas, maquillajes, cremas de limpieza; ella que nunca en su vida se había maquillado.

Cogí el bolso. Lo primero que saqué fue una braga blanca de encaje. Me convencí enseguida, por las tres V visibles sobre el lado derecho y por el fino diseño, de que hacían juego con el sujetador que Amalia llevaba cuando se ahogó. La examiné con cuidado: tenía un pequeño desgarrón en el lado izquierdo, como si se la hubiese puesto, a pesar de que eran visiblemente de una talla más pequeña de la necesaria. Sentí que se me contraía el estómago y contuve el aliento. Luego seguí hurgando en el bolso, antes que nada en busca de las llaves de la casa. Naturalmente no las encontré. Encontré, en cambio, sus gafas de presbicia, unas fichas para el teléfono y la billetera. En la billetera había doscientas veinte mil liras (una suma importante para ella, que vivía con el poco dinero que le pasábamos mensualmente las tres hermanas), el recibo de la luz, su documento de identidad en una funda de plástico, y una vieja foto mía y de mis hermanas en compañía de nuestro padre. La foto estaba estropeada. Aquellas imágenes nuestras de hacía tanto tiempo habían amarilleado, atravesadas por resquebrajaduras como en ciertas tablas de altar las figuras de los demonios alados que los fieles han rayado con objetos punzantes.

Dejé la foto en el suelo y me puse en pie luchando con una náusea creciente. Busqué por la casa la guía telefónica y, cuando la encontré, busqué Caserta. No quería llamarlo, quería la dirección. Cuando descubrí que había tres hojas llenas de Caserta, me di cuenta de que no sabía su nombre; nadie, en el curso de mi infancia, lo había llamado nunca de otra manera que Caserta. Entonces tiré la guía telefónica a un rincón y fui al baño. Allí ya no pude contener los conatos de vómito y durante algunos segundos tuve miedo de que todo el cuerpo se revelase contra mí, con una furia autodestructiva que de niña siempre había temido y tratado de dominar al crecer. Luego me calmé. Me enjuagué la boca y me lavé con cuidado la cara. Al verla pálida y descompuesta en el espejo inclinado sobre el lavabo, de pronto decidí maquillarme.

Era una reacción insólita. No me maquillaba a menudo ni de buena gana. Lo había hecho de joven, pero desde hacía un tiempo había dejado de hacerlo; no me parecía que el maquillaje mejorara mi aspecto. Pero en aquella ocasión me pareció que lo necesitaba. Tomé el neceser de la maleta de mi madre, volví al baño, lo abrí, saqué un frasco lleno de crema hidratante que conservaba en la superficie la impronta tímida del dedo de Amalia. Borré esa huella con la mía y la usé en abundancia. Me pasé la crema por la cara con ímpetu, estirándome las mejillas. Luego recurrí a los polvos y me cubrí puntillosamente el rostro.

«Eres un fantasma», dije a la mujer del espejo. Tenía la cara de una persona de unos cuarenta años; cerraba primero un ojo, luego el otro, y sobre cada uno pasaba un lápiz negro. Era descarnada, afilada, con pómulos pronunciados, milagrosamente sin arrugas. Llevaba el pelo cortísimo para lucir lo mínimo posible el color ala de cuervo, que por otra parte, y por suerte, iba finalmente volviéndose gris y se preparaba a desaparecer para siempre. Me puse rímel.

«No me parezco a ti», le susurré mientras me ponía un poco de base. Y para no ser desmentida traté de no mirarla. Así, por el espejo, vi el bidet. Me volví para ver qué le faltaba a aquel objeto de un modelo viejo, con monumentales grifos incrustados, y al descubrirlo me dio la risa: Caserta se había llevado también la braga ensangrentada que había dejado en el suelo.

9

El café estaba casi listo cuando llegué a casa del tío Filippo. Con un solo brazo misteriosamente lograba hacerlo todo. Tenía una máquina anticuada de las que se usaban antes de que el oroley se instalase en todas las casas. Era un cilindro de metal con un pico que, desmontado, se dividía en cuatro partes: un recipiente para hervir el agua, un depósito, la tapa correspondiente llena de agujeros y una cafetera. Cuando me hizo entrar en la cocina, el agua caliente ya se filtraba en la cafetera y por el piso se extendía un olor intenso a café.

«Qué bien estás», me dijo, pero no creo que aludiese al maquillaje. Nunca me había parecido en condiciones de distinguir entre una mujer maquillada y una no maquillada. Solo queda decir que aquella mañana tenía un semblante especialmente bueno. En efecto, mientras sorbía el café caliente agregó: «De las tres eres la que más se parece a Amalia».

Esbocé una sonrisa. No quería alarmarlo contándole lo que me había sucedido durante la noche. Y menos aún quería ponerme a discutir mi parecido con Amalia. Eran las siete de la mañana y estaba cansada. Media hora antes había atravesado la calle Foria, semidesierta, hecha de sonidos todavía tan leves que era posible sentir cantar a los pájaros. Había un aire fresco, de apariencia limpia, y una luz brumosa indecisa entre el buen y el mal tiempo. Pero ya por la calle Duomo los sonidos de la ciudad se habían intensificado, y también las voces de las mujeres en las casas; y el aire se había vuelto más gris y más pesado. Con una gran bolsa de plástico, en la que había metido los contenidos de la maleta y del bolso de mi madre, había caído en su casa sorprendiéndolo con los pantalones caídos y desabrochados, la camiseta sobre el torso huesudo, el muñón al aire. Había abierto las ventanas y enseguida se arregló. Entonces me empezó a acosar ofreciéndome alimentos. ¿Quería pan fresco, quería leche y algo para mojar, quería bizcochos?

No me hice de rogar y empecé a comer de todo. Hacía seis años que era viudo, vivía solo como todos los viejos sin hijos, dormía poco. Estaba contento de tenerme allí, a pesar de la hora tan temprana, y yo también estaba contenta de encontrarme allí. Deseaba unos pocos minutos de tregua, el equipaje que había dejado en su casa en los últimos días, cambiarme de ropa. Pensaba ir enseguida a la tienda de las hermanas Vossi. Pero el tío Filippo estaba ávido de compañía y de charla. Amenazó con muertes horribles a Caserta. Le auguró que ya debía de haber muerto de mala manera en el curso de la noche. Se lamentó de no haberlo matado en el pasado. Y luego, a través de nexos difícilmente identificables, empezó a saltar de una historia de familia a otra en un dialecto muy cerrado. No se detuvo ni para tomar aliento.

Después de algunas tentativas renuncié a interrumpirlo. Farfullaba, se enfurecía, le brillaban los ojos, sorbía. Cuando la charla llegó a Amalia, en pocos minutos pasó de una patética apología de la hermana a una crítica despiadada por el hecho de haber abandonado a mi padre. Además se olvidó de hablar de ella en pasado, y empezó a reprocharle como si todavía estuviese viva y presente o a punto de entrar en el cuarto. Amalia —se puso a gritar— nunca piensa en las consecuencias; siempre fue así, hubiera debido sentarse y reflexionar, y esperar; en cambio, se despertó una mañana y se fue de casa con sus tres hijas. No debió hacerlo, según el tío Filippo. Enseguida me di cuenta de que quería relacionar aquella separación de hacía veintitrés años con la decisión de ahogarse tomada por su hermana.

Algo insensato. Me molesté, pero lo dejé hablar, más todavía porque de vez en cuando se interrumpía y, cambiando el tono hostil en afectuoso, corría a la alacena a buscar otros tarros: caramelos de menta, bizcochos pasados, una mermelada de moras llena de machas blancas de moho pero que, según él, todavía estaba buena.

Mientras yo rechazaba primero sus ofrecimientos y luego, resignada picaba, él volvía al ataque confundiendo fechas y hechos. Fue en 1946 o en 1947, se esforzaba por recordar. Luego cambiaba de idea y llegaba a la conclusión: después de la guerra. Después de la guerra había sido Caserta el que se dio cuenta de que se podía usar el talento de mi padre para vivir un poco mejor. Sin Caserta, había que admitirlo honestamente, mi padre habría seguido pintando casi gratis montañas, lunas, palmeras y camellos en las tiendas del barrio. En cambio Caserta, que era pillo, negro como un sarraceno pero con ojos de diablo prepotente, empezó a ir de arriba abajo con los marineros norteamericanos. No para vender mujeres u otras mercancías. Caserta se trabajaba sobre todo a los marineros embargados por la nostalgia. Y en lugar de mostrarles fotos de señoritas en venta, les daba vueltas y vueltas alentándolos a sacar de la cartera la foto de las mujeres que habían dejado en su país. Una vez que los había transformado en niños abandonados y ansiosos, se ponía de acuerdo en el precio y llevaba la foto a mi padre para que hiciera de ella un retrato al óleo.

Hasta yo recordaba esas imágenes. Mi padre había seguido haciéndolas durante años, aun sin Caserta. Parecía que los marineros, a fuerza de suspiros, habían dejado sobre el papel aún menos que la apariencia de sus mujeres. Eran fotos de madres, de hermanas y novias, todas rubias, todas sonrientes, todas fotografiadas con permanente, sin un cabello fuera de lugar, con alhajas en el cuello y en las orejas. Parecían disecadas. Y además, como en la foto nuestra que guardaba Amalia, como en cada foto corroída por la ausencia, la pátina de la impresión se había gastado y la imagen a menudo estaba doblada en las puntas y atravesada por hendiduras blancas que cortaban rostros, ropas, collares, peinados. Eran rostros desfallecientes aun en la fantasía de quien los custodiaba con deseo y sentimiento de culpa. Mi padre las recibía de las manos de Caserta y las fijaba en el caballete con una chincheta. Luego, en un abrir y cerrar de ojos, aparecía en la tela una mujer que parecía de verdad, una mamá-hermana-mujer que era la que suspiraba en vez de hacer suspirar. Las resquebrajaduras desaparecían, el blanco y negro se transformaba en color, se encarnaba. Y el maquillaje de aquel soporte de la memoria se realizaba con suficiente pericia como para contentar a hombres desamparados y desolados. Caserta pasaba a retirar la mercadería, dejaba algo de dinero y se iba.

Así —contaba mi tío— en poco tiempo había cambiado la vida. Con las mujeres de los marineros norteamericanos comíamos todos los días. También él, porque entonces estaba sin trabajo. Mi madre le pasaba un poco de dinero, pero con la aprobación de mi padre. O tal vez a escondidas. En una palabra, después de años de privaciones todo iba mejor. Si Amalia hubiese estado más atenta a las consecuencias, si no se hubiese metido en medio, quién sabe dónde habríamos terminado. Muy lejos, según mi tío.

Pensé en ese dinero y en mi madre tal como aparecía, también ella, en las fotos del álbum de familia: dieciocho años, el vientre ya arqueado por mi presencia dentro de ella, de pie, al aire libre, en un balcón; en el fondo se veía siempre una parte de su Singer. Debía de haber dejado de pedalear en la máquina de coser solo para que la fotografiaran; luego, después de aquel instante, estaba segura de que había vuelto a trabajar encorvada, sin ninguna foto que la fijase en esa miseria de la fatiga común, carente de sonrisa, sin ojos chispeantes, sin cabellos dispuestos para aparecer más bella. Creo que el tío Filippo nunca había pensado en la contribución del trabajo de Amalia. Ni yo tampoco. Negué con la cabeza, descontenta conmigo misma; odiaba hablar del pasado. Por eso, mientras había vivido con Amalia, había visto a mi padre no más de diez veces en total, obligada por ella. Y desde que estaba en Roma dos veces solo, o tres. Vivía todavía en la casa donde yo había nacido, dos cuartos y una cocina. Pasaba todo el día sentado, pintando feas vistas del golfo o marejadas sin gracia para ferias de la zona. Siempre se había ganado la vida así, sacando cuatro centavos de los mediadores como aquel Caserta, y nunca me había gustado verlo encadenado a la repetición de los mismos gestos, de los mismos colores, de las mismas formas, de los mismos olores que conocía desde la infancia. Sobre todo no soportaba que me expusiese sus confusas razones mientras cubría a Amalia de insultos, sin reconocerle ningún mérito.

No, ya nada del pasado me gustaba. Había cortado de golpe con todos los parientes para evitar que, en cada encuentro, lamentasen en su dialecto la suerte negra de mi madre y profirieran amenazadoras vulgaridades sobre mi padre. Había quedado solo él, el tío Filippo. Lo había seguido viendo a través de los años, pero no por mi decisión sino porque caía de improviso en casa y se peleaba con su hermana, con vehemencia, en voz muy alta, y luego hacían las paces. Amalia, dominada desde joven por su marido y por Caserta, estaba muy apegada a su único y alborotador hermano. De alguna manera se sentía contenta de que él continuara frecuentando a mi padre y viniese a decirle cómo estaba, qué hacía y en qué trabajaba. Yo, en cambio, aunque sentía una simpatía muy antigua por su cuerpo consumido y por su agresividad de camorrista fanfarrón, al que si quería podía tumbar de un puñetazo, hubiese preferido que también él se desvaneciese como había sucedido con tantos tíos y tíos abuelos. Me costaba trabajo aceptar que le diese la razón a mi padre y no a ella. Era su hermano, la había visto cien veces hinchada por las bofetadas, los golpes, las patadas; y, sin embargo, no había movido un dedo para ayudarla. Hacía cincuenta años que seguía reafirmando su solidaridad con su cuñado, sin ceder. Solo desde hacía algunos años lograba escucharlo sin agitarme. Pero cuando era joven no tapaba que tomara aquel partido. Al cabo de un rato me tapaba los oídos para no oír. Tal vez no toleraba que la parte más secreta de mí se sirviese de su solidaridad para fortalecer una hipótesis cultivada también secretamente: que mi madre llevase inscrita en el cuerpo una culpabilidad natural, independiente de su voluntad y de lo que realmente hacía, lista para aparecer cuando fuera necesario en cada gesto, en cada suspiro.

—¿Esta camisa es tuya? —le pregunté para cambiar de tema, mientras sacaba de una de las bolsas de plástico la camisa azul que había encontrado en casa de Amalia. Así lo dejé con la palabra en la boca y durante un instante quedó desorientado, con los ojos como platos y los labios entreabiertos. Luego, enojado, examinó largamente la prenda. Pero sin gafas veía poco o nada; lo hizo para calmarse después del enfurecimiento y darse tono.

—No —dijo—, nunca he tenido una camisa así.

Le conté que la había encontrado en casa de Amalia entre la ropa sucia, y fue un error.

—¿De quién es? —me preguntó agitándose de nuevo, como si yo no estuviese precisamente intentando que me lo dijera él.

Traté de explicarle que lo ignoraba, pero fue inútil. Me tendió la camisa como si estuviese infectada y volvió a atacar de manera implacable a su hermana.

—Siempre fue así —volvió a enfurecerse en dialecto—. ¿Te acuerdas de la historia de la fruta que le llegaba a casa gratis cada día? Ella estaba en las nubes: no sabía cómo ni cuándo. ¿Y el libro de poesías con dedicatoria? ¿Y las flores? ¿Y los hojaldres todos los días a las ocho en punto? ¿Y te acuerdas del vestido? ¿Es posible que no te acuerdes de nada? ¿Quién le compró aquel vestido precisamente de su talla? Ella decía que no sabía nada. Pero se lo puso para salir, a escondidas, sin decírselo a tu padre. Explícame por qué lo hizo.

Me di cuenta de que seguía imaginándola delicadamente ambigua, como sabía ser Amalia hasta cuando mi padre la había agarrado del cuello y le habían quedado las marcas violáceas de los dedos en su piel. Nos decía a nosotras, sus hijas: «Es así. No sabe qué hace y yo no sé qué decirle». Pero nosotras, en cambio, pensábamos que nuestro padre, por todo lo que le hacía, merecía, tras salir de casa una mañana, morir quemado o atropellado o ahogado. Lo pensábamos y lo odiábamos, porque era el resorte de esos pensamientos. Sobre eso no teníamos dudas, y yo no lo había olvidado.

No había olvidado nada, pero no quería recordar. Si era necesario hubiera podido contármelo todo, con cada pormenor; pero ¿para qué hacerlo? Me contaba solo lo que servía, según el caso, decidiendo cada vez de acuerdo con la necesidad. En aquel momento, por ejemplo, veía los melocotones aplastados en el suelo, las rosas golpeadas diez, veinte veces en la mesa de la cocina con los pétalos rojos por el aire y luego esparcidos alrededor y los tallos espinosos todavía encerrados en el papel de plata, los dulces lanzados por la ventana, el vestido quemado en la cocina. Sentía el olor nauseabundo que emana la tela cuando, por distracción, se deja encima de ella la plancha caliente, y tenía miedo.

—No, no se acuerdan y no saben nada —dijo mi tío como si representase allí, en aquel momento, también a mis dos hermanas.

Y quiso obligarme a recordar: ¿sabía que mi padre no empezó a pegarle hasta que quiso dejar a Caserta y los retratos para los norteamericanos y ella se opuso? No era algo sobre lo que Amalia debiera opinar. Pero tenía el vicio de opinar sobre todo, sin ton ni son. Mi padre había inventado una gitana que bailaba desnuda. Se la había mostrado a uno que era jefe de una red de vendedores ambulantes que recorrían las calles de la ciudad y de la provincia vendiendo escenas campestres y marejadas. Este, que se hacía llamar Migliaro y arrastraba siempre detrás a un hijo con los dientes torcidos, la había considerado adecuada para las consultas de médicos y dentistas. Le había dicho que por aquella gitana estaba dispuesto a darle un porcentaje mucho más alto del que le pasaba Caserta. Pero Amalia se opuso; no quería que dejase a Caserta, no quería que hiciese las gitanas, ni quería que se las mostrase a Migliaro.

—No se acuerdan y no saben —repitió el tío Filippo con rencor por cómo había pasado aquella época que le había parecido hermosa y que se había esfumado sin dar los frutos que prometía.

Entonces le pregunté qué le había sucedido a Caserta después de la ruptura con mi padre. Le pasaron por los ojos muchas posibles respuestas furibundas. Luego decidió renunciar a las más violentas, y afirmó con orgullo que Caserta había recibido lo que merecía.

—Se lo dijiste todo a tu padre. Tu padre me llamó y fuimos a matarlo. Si hubiese intentado reaccionar, lo habríamos matado de verdad.

Todo. Yo. No me gustó aquella referencia y no quise saber de qué «tú» hablaba. Borré cualquier sonido que hiciese las veces de mi nombre como si no fuese posible en modo alguno aludir a mí. Me miró interrogativamente y, al verme impasible, negó de nuevo con la cabeza con desaprobación.

—No recuerdas nada —volvió a repetir desconsolado.

Y empezó a hablarme de Caserta. Después se había asustado y había comprendido. Había vendido un bar-pastelería medio en quiebra que era de su padre y se había ido del barrio con su mujer y su hijo. Poco después llegó la noticia de que traficaba con medicamentos robados. Luego se dijo que había invertido en una tipografía el dinero ganado en aquel tráfico. Algo extraño, porque no era tipógrafo. La hipótesis del tío Filippo era que imprimía carátulas para discos piratas. Pero en cierto momento un incendio destruyó la tipografía y Caserta estuvo un tiempo en el hospital a causa de las quemaduras sufridas en las piernas. Desde entonces no se había sabido más de él. Algunos pensaban que había logrado una buena posición con el dinero del seguro y que se había ido a vivir a otra ciudad. Otros decían que después de aquellas quemaduras había ido de médico en médico y que nunca se había curado; no por el daño en las piernas, sino porque tenía las rótulas fuera de lugar. Había sido siempre un hombre raro; se decía que al envejecer se había vuelto cada vez más extraño. Eso era todo. El tío Filippo no sabía nada más de Caserta.

Le pregunté cuál era su nombre; había buscado en la guía, pero había demasiados Caserta.

—Será mejor que no lo busques —me dijo, de nuevo gruñón.

—No busco a Caserta —mentí—. Quiero ver a Antonio, su hijo. De niños jugábamos juntos.

—No es verdad. Quieres ver a Caserta.

—Le preguntaré a mi padre —se me ocurrió contestarle.

Me miró asombrado, como si fuese Amalia.

—Lo haces a propósito —barboteó. Y añadió en voz baja—: Nicola. Se llamaba Nicola. Pero es inútil que busques en la guía: Caserta es un apodo. El verdadero apellido lo tengo en la cabeza, pero no lo recuerdo.

Pareció concentrarse de veras, para contentarme, pero luego renunció deprimido:

—Basta, vuelve a Roma. Si de verdad tienes intención de ver a tu padre, al menos no le hables de esta camisa. Aún hoy, por una cosa así, mataría a tu madre.

—Ya no puede hacerle nada —le recordé. Pero me preguntó como si no me hubiese oído:

—¿Quieres un poco más de café?

10

Renuncié a cambiarme. Conservé mi vestido oscuro lleno de polvo y arrugado. Con dificultad logré encontrar tiempo para reemplazar el tampón. El tío Filippo no me dejó un minuto sin sus cortesías y sus desahogos rabiosos. Cuando dije que tenía que ir a la tienda de las hermanas Vossi para comprarme lencería, se turbó, y se calló durante unos segundos. Luego se ofreció a acompañarme hasta el autobús.

El día estaba cada vez más cargado, sin aire, y el autobús llegó lleno. El tío Filippo evaluó el gentío y decidió subir también él para protegerme —dijo— de los carteristas y la canalla. Por una feliz circunstancia quedó un lugar libre en la plataforma; le dije que se sentara, pero se negó enérgicamente. Me senté y empezó un viaje agotador, a través de una ciudad sin colores, ahogada por los atascos. En el autobús había un fuerte olor a amoníaco y flotaba una pelusa que había entrado por las ventanillas abiertas quién sabe cuándo. Producía picor en la nariz. Mi tío logró reñir primero con uno que no se había apartado con bastante rapidez cuando, para alcanzar el lugar que había quedado libre, le pidió paso, y luego con un joven que fumaba a pesar de la prohibición. Ambos lo trataron con un amenazador desprecio que no tenía en cuenta en absoluto sus setenta años y el brazo mutilado. Lo oí imprecar y amenazar, mientras era empujado por el gentío lejos de mí, hacia el centro del vehículo.

Empecé a sudar. Estaba sentada, apretada entre dos señoras ancianas que miraban delante de ellas con una rigidez no natural. Una llevaba el bolso bien apretado bajo la axila; la otra lo oprimía contra el estómago, la mano sobre el cierre, el pulgar en un anillo enganchado al extremo de la cremallera. Los pasajeros de pie se inclinaban sobre nosotros y nos respiraban encima. Las mujeres se sofocaban entre los cuerpos masculinos, resoplando por aquella cercanía ocasional, fastidiosa aunque en apariencia no culpable. Los hombres, entre la gente, se servían de las mujeres para jugar en silencio con ellos mismos. Uno miraba a una muchacha morena con ojos irónicos para ver si bajaba la mirada. Otro pescaba un poco de puntilla entre un botón y otro de una camiseta o arponeaba un tirante con la mirada. Otros engañaban el tiempo en los coches espiando por la ventanilla para captar porciones de piernas desnudas, el juego de los músculos mientras los pies apretaban el freno o el embrague, un gesto distraído para rascarse la parte interna del muslo. Un hombre pequeño y flaco, apretado por los que tenía a sus espaldas, buscaba contactos breves con mis rodillas y a ratos me respiraba en el pelo.

Me volví hacia la ventanilla más cercana en busca de aire. Cuando de niña hacía ese mismo recorrido en tranvía, con mi madre, el coche subía por la colina con una especie de penoso rebuzno, entre viejos edificios grises, hasta que aparecía un trozo de mar sobre el que me imaginaba que navegaba el tranvía. Los cristales de las ventanillas vibraban en los marcos de madera. Vibraba también el pavimento y comunicaba al cuerpo un agradable temblor que yo dejaba extenderse a los dientes, aflojando apenas las mandíbulas para sentir cómo temblaba una hilera contra la otra.

La ida en tranvía y la vuelta en funicular era un viaje que me gustaba: las mismas máquinas lentas, sin frenesí, solo ella y yo. En lo alto oscilaban, sostenidos del pasamanos por lazos de cuero, algunos asideros macizos. Al agarrarse, el peso del cuerpo bajaban del bloque metálico por encima de la empuñadura escritos y dibujos coloreados, letras e imágenes diferentes en cada sacudida. Los asideros publicitaban, en colores, zapatos y diferentes productos de las tiendas de la ciudad. Si el coche no estaba lleno, Amalia dejaba en el asiento algunos de sus paquetes envueltos en papel de embalar y me tomaba en sus brazos para que jugara con los asideros.

Pero si el tranvía estaba lleno, cualquier placer quedaba interrumpido. Entonces me obsesionaba con proteger a mi madre del contacto con los hombres, como había visto que hacía siempre mi padre en aquella circunstancia. Me ponía como un escudo a sus espaldas y quedaba crucificada en las piernas de ella, la frente contra sus nalgas, los brazos estirados, uno aferrado al apoyo de fundición del asiento de la derecha y el otro al de la izquierda.

Era un esfuerzo inútil, el cuerpo de Amalia no se dejaba contener. Las caderas se le dilataban por el corredor hacia las caderas de los hombres que tenía al lado; las piernas, el vientre se dilataban hacia la rodilla o la espalda del que estaba sentado delante. O a veces sucedía lo contrario. Eran los hombres los que se pegaban a ella como las moscas a los papeles pegajosos y amarillentos que colgaban en las carnicerías o perpendiculares en los mostradores de las charcuterías, atestados de insectos muertos. Resultaba difícil mantenerlos alejados con patadas o codazos. Me acariciaban la nuca alegremente y le decían a mi madre:

—Están aplastando a esta hermosa niña.

Alguno quería levantarme en brazos, pero yo lo rechazaba. Mi madre reía y decía:

—Ven aquí.

Resistía con fervor. Sentía que, si cedía, se la llevarían y yo me quedaría sola con mi padre furibundo.

Él la protegía de los otros hombres con una violencia que nunca sabía si solo aplastaría a los rivales o si también se volvería contra él y lo mataría. Era un hombre insatisfecho. Tal vez no había sido así siempre, sino que había llegado a serlo cuando dejó de vagar por el barrio para decorar mostradores de tiendas o carros de mano a cambio de comida, y había terminado pintando, en telas aún sin fijar a los bastidores, pastorcillas, marinas, naturalezas muertas, paisajes exóticos y ejércitos de gitanas. Se imaginaba quién sabe qué destino y se enfurecía porque la vida no cambiaba, porque Amalia no creía que cambiaría, porque la gente no lo apreciaba como debía. Repetía continuamente, para convencerse y convencerla, que mi madre había tenido mucha suerte al casarse con él. Ella, tan negra, no se sabía de qué sangre venía. Él, en cambio, que era blanco y rubio, sentía en la sangre quién sabe qué. Aunque clavado hasta la náusea a los mismos colores, los mismos temas, las mismas campiñas y los mismos mares, fantaseaba sin freno sobre sus capacidades. Las hijas nos avergonzábamos de él y creíamos que podía hacernos daño, como amenazaba hacérselo a cualquiera que rozase a nuestra madre. En el tranvía, cuando estaba también él, teníamos miedo. Vigilaba sobre todo a los hombres pequeños y oscuros, con rizos y labios gruesos. Atribuía a aquel tipo antropológico la tendencia a mancillar el cuerpo de Amalia; pero tal vez pensaba que era mi madre la que se sentía atraída por aquellos cuerpos nerviosos, cuadrados, fuertes. Una vez se convenció de que un hombre entre el gentío la había tocado. La abofeteó ante los ojos de todos, ante nuestros ojos. Yo quedé dolorosamente impresionada. Estaba segura de que iba a matar al hombre y no comprendía por qué, en cambio, la emprendió a bofetadas con ella. Aún hoy no sé por qué lo hizo. Tal vez para castigarla por haber sentido sobre la tela del vestido, sobre la piel, el calor del cuerpo de aquel otro.

11

Detenida en el caos de la calle Salvator Rosa, descubrí que ya no sentía la menor simpatía por la ciudad de Amalia, por la lengua en que me hablaba, por las calles que recorrí de niña, por la gente. Cuando, en un determinado momento, apareció un trozo de mar (el mismo que de niña me entusiasmaba), me pareció papel de seda violáceo pegado en una pared desconchada. Supe que estaba perdiendo a mi madre definitivamente y que eso era exactamente lo que quería.

Las hermanas Vossi tenían la tienda en la plaza Vanvitelli. De joven me había detenido a menudo delante de sus escaparates, que eran sobrios, con gruesos cristales encerrados en marcos de caoba. La entrada tenía una vieja puerta con medio cristal y en la bóveda estaban grabadas las tres V y la fecha de fundación: 1948. Detrás del cristal, que era opaco, no sabía qué había; nunca había sentido la necesidad de ir a verlo ni había tenido el dinero para hacerlo. Me había detenido a menudo en el exterior, sobre todo porque me gustaba el escaparate de la esquina, donde la ropa de mujer estaba negligentemente colocada debajo de una pintura que no era capaz de fechar, seguramente obra de un experto. Dos mujeres, cuyos perfiles casi se superponían por lo cerca que estaban y entregadas a los mismos movimientos, corrían con la boca abierta, de derecha a izquierda de la mesa. No se podía saber si seguían a alguien o si las seguían. La imagen parecía aserrada de un escenario mucho más amplio, porque no se veía la pierna izquierda de las mujeres y sus brazos extendidos estaban cortados en las muñecas. También le gustaba a mi padre, que siempre se reía de todo lo que se había pintado en el curso de los siglos. Se inventaba atribuciones insensatas fingiéndose un experto, como si no supiésemos todas que no había ido a escuela alguna, que de arte sabía poco o nada, que solo era capaz de hacer noche y día sus gitanas. Cuando estaba en vena y dispuesto a fanfarronear más que de costumbre con nosotras, sus hijas, incluso se lo atribuía.

Hacía por lo menos veinte años que no había tenido ocasión de subir a la colina, lugar que recordaba diferente del resto de la ciudad, fresco y ordenado, a pocos pasos de San Martino. Me molesté enseguida. La plaza me pareció cambiada, con sus ralos plátanos enclenques, devorada por las chapas de los coches, dominada por un columpio de travesaños de hierro barnizados de amarillo. Recordaba en el centro de la plaza de otra época palmeras que me habían parecido altísimas. Había una enana, enferma, asediada por las vallas grises de las obras en curso. Para colmo no identifiqué la tienda a la primera ojeada. Seguida de cerca por mi tío, que continuaba peleando en su interior con las figuras del autobús, aunque el episodio se hubiera producido una hora antes, di vueltas en círculo por aquel espacio polvoriento, aullante, bombardeado por los martillos neumáticos y los cláxones, bajo nubes de un cielo que parecía querer llover y no lo lograba. Finalmente me detuve ante maniquíes de mujeres calvas con braga y sujetador, dispuestas estudiadamente en posturas audaces, a veces vulgares. Entre espejos, metales dorados y materiales de colores eléctricos, me costó reconocer las tres V en la bóveda, lo único que había permanecido igual. El cuadro que me gustaba tampoco estaba.

Miré el reloj: eran las diez y cuarto. El vaivén era tal que toda la plaza —casas, columnatas de un gris violáceo, nubes de sonidos y polvo— parecía un tiovivo. El tío Filippo echó una mirada a los escaparates y enseguida miró hacia otro lado con embarazo: demasiadas piernas abiertas, demasiados senos procaces, que le provocaban malos pensamientos. Dijo que me esperaba en la esquina y que me apresurara. Pensé que yo no le había pedido que me siguiera hasta allí y entré.

Siempre me había imaginado que el interior de la tienda Vossi estaría en penumbra y que habría tres amables ancianas con vestidos largos, varios hilos de perla y cabellos recogidos en un moño sujeto con horquillas de otra época. En cambio, me encontré con un ambiente iluminado ostentosamente, clientes ruidosos, otros maniquíes con batas de raso, tops multicolores, calzones de seda, mostradores grandes y pequeños que sobrecargaban el ambiente de productos, dependientas jovencísimas, con un maquillaje espeso, todas con un uniforme color pistacho muy ajustado y las tres V bordadas en el pecho.

—¿Esta es la tienda de las hermanas Vossi? —le pregunté a una de ellas, la de aspecto más amable, tal vez incómoda con su uniforme.

—Sí. ¿Qué desea?

—¿Podría hablar con una de las señoras Vossi?

La muchacha me miró perpleja.

—Ya no están.

—¿Han muerto?

—No, no creo. Se han jubilado.

—¿Han traspasado el negocio?

—Eran ancianas, lo vendieron todo. Ahora hay una nueva dirección, pero la marca es la misma. ¿Es una antigua clienta?

—Mi madre —dije. Y empecé a sacar lentamente de la bolsa de plástico que había llevado con la ropa interior la bata, los dos vestidos y las cinco bragas que encontré en la maleta de Amalia, y lo puse todo sobre el mostrador—. Creo que lo compró todo aquí.

La muchacha echó una mirada competente.

—Sí, la ropa es nuestra —dijo con aire interrogativo. Percibí que, basándose en la edad que yo aparentaba, intentaba calcular la de mi madre.

—Cumple sesenta y tres años en julio. —Luego se me ocurrió mentir—: No eran para ella. Eran regalos para mí, por mi cumpleaños. Cumplí cuarenta y cinco años el pasado 23 de mayo.

—Aparenta como mínimo quince menos —dijo la muchacha, esforzándose en ejercer su oficio.

—Son unas prendas muy bonitas, y me gustan —dije con tono cautivador—. Pero este vestido me aprieta un poco y las bragas me van estrechas.

—¿Quiere cambiarlos? Necesitaría el tíquet.

—No tengo el tíquet. Pero los compró aquí. ¿No se acuerda de mi madre?

—No creo. Viene tanta gente...

Eché una mirada a la gente a la que había aludido la dependienta: mujeres que gritaban en dialecto, reían ruidosamente, cubiertas de joyas valiosísimas, salían de los probadores en braga y sujetador o en sucintos bañadores de piel de leopardo, dorados, plateados, lucían carnes abundantes, rayadas por las estrías y perforadas por la celulitis, se contemplaban el pubis y las nalgas, se levantaban los senos con las manos en copa, ignoraban a las dependientas y se dirigían en aquella postura a una especie de gorila bien vestido que ya estaba bronceado, colocado allí especialmente para canalizar su flujo de dinero y amenazar con los ojos a las vendedoras poco eficientes.

No era la clientela que me había imaginado. Parecían mujeres cuyos hombres se habían enriquecido de golpe y fácilmente, lanzándolas a un lujo provisional del que se veían obligadas a gozar con una subcultura de subsuelo húmedo y atiborrado, de tebeos semipornos, de obscenidades usadas como estribillo. Eran mujeres limitadas a una ciudad-asilo, primero corrompidas por la miseria, después por el dinero, sin solución de continuidad. Al verlas y oírlas me di cuenta de que me resultaban intolerables. Se comportaban con aquel hombre como mi padre imaginaba que se comportaban las mujeres, como se había imaginado que se comportaba su mujer en cuanto él le daba la espalda, como tal vez también Amalia había fantaseado durante toda su vida que se comportaba: una señora de mundo que se inclina sin verse obligada a apoyar dos dedos en el centro del escote, cruza las piernas sin preocuparse por la falda, ríe desvergonzadamente, se cubre de objetos preciosos y se desborda con todo el cuerpo en continuas e indiscriminadas ofertas sexuales, compitiendo de tú a tú con los hombres en el ámbito de lo obsceno.

Hice una incontrolada mueca colérica.

—Es alta como yo, con algunas canas —dije—. Pero el peinado es anticuado; ya nadie se peina así. Vino en compañía de un hombre de alrededor de setenta años, pero atractivo, flaco, cabellos muy abundantes y todos blancos. Una hermosa pareja... Debería recordarles, han comprado todo esto.

La vendedora negó con la cabeza; no se acordaba.

—Viene tanta gente... —dijo. Luego lanzó una mirada al gorila, preocupada por el tiempo que estaba perdiendo, y me sugirió—: Pruébesela. A mí me parece que es su talla. Si el vestido le tira...

—Quisiera hablar con ese señor... —aventuré.

La dependienta me empujó hacia un probador, azorada por aquella petición apenas esbozada.

—Si la braga no le va bien, llévese otra... le haremos un descuento —propuso. Y me encontré en un cuchitril de espejos rectangulares.

Suspiré, me quité cansinamente el vestido del entierro. Cada vez aguantaba menos la cháchara frenética de las clientas, que allí dentro, en vez de atenuarse, parecía amplificada. Después de un momento de incertidumbre, me quité la braga de mi madre que me había puesto la noche antes y me puse la de encaje que había encontrado en su bolso. Era exactamente de mi talla. Pasé perpleja el dedo a lo largo del desgarrón en el costado que Amalia probablemente había causado al ponérsela y luego me deslicé por la cabeza el vestido color herrumbre. Me llegaba a cinco centímetros por encima de las rodillas y tenía un escote demasiado amplio. Pero no me tiraba en absoluto, más bien se movía sobre mi delgadez tensa y musculosa, suavizándola. Salí del probador estirando el vestido de un lado, me miré una pantorrilla y dije en voz alta:

—¿Ve?, el vestido me tira de un lado... Y además es demasiado corto.

Pero al lado de la joven dependienta estaba el hombre, un tipo de unos cuarenta años con bigotes negros, por lo menos veinte centímetros más alto que yo, ancho de hombros y de tórax. Era ampuloso en sus facciones y en su cuerpo, amenazador; solo la mirada no era antipática, sino vivaz, familiar. Dijo, en un italiano de televisión, pero sin amabilidad, sin siquiera la sombra de la consentida complicidad que mostraba con las otras clientas, incluso tratándome de usted con visible dificultad:

—Le queda muy bien, no le tira en absoluto. El modelo es así.

—Justamente es el modelo lo que no me convence. Lo eligió mi madre sin mí y...

—Eligió muy bien. Conserve su vestido y disfrútelo.

Lo miré durante un segundo en silencio. Sentí que quería hacer algo contra él o contra mí. Eché una mirada a las otras clientas. Me tiré el vestido de los costados y me volví hacia uno de los espejos.

—Mire la braga —le indiqué en el espejo—, me va estrecha.

El hombre no cambió de expresión ni de tono.

—Mire, no sé qué decirle, ni siquiera tiene el tíquet —dijo.

Me vi en el espejo con las piernas flacas y desnudas: tiré hacia abajo el vestido, con disgusto. Recogí el vestido viejo y las bragas, lo puse todo en la bolsa y busqué en el fondo la funda de plástico con el documento de identidad de Amalia.

—Debería recordar a mi madre —intenté de nuevo, sacando el documento y poniéndoselo bajo los ojos.

El hombre echó un vistazo y pareció perder la paciencia. Pasó al dialecto.

—Querida señora, aquí no podemos perder tiempo —dijo, y me devolvió el documento.

—Solo le estoy pidiendo...

—La mercancía vendida no se cambia.

—Solo le estoy pidiendo...

Me dio un leve golpe en el hombro.

—¿Quieres bromear? ¿Has venido a bromear?

—No se atreva a tocarme...

—No, realmente quieres bromear... Vete, llévate tus cosas y tu documento de identidad. ¿Quién te envía? ¿Qué quieres? Dile al que te envía que venga a buscarlo personalmente. ¡Ya veremos! Mejor aún, esta es mi tarjeta: Polledro Antonio, nombre, dirección y número de teléfono. Me encontrará aquí o en casa. ¿De acuerdo?

Era un tono que conocía muy bien. Inmediatamente después empezaría a empujarme más fuerte y luego a golpearme sin la menor consideración, fuese mujer u hombre. Le arranqué el documento de la mano con calculado desprecio y, para comprender qué lo había puesto tan nervioso, miré la foto tamaño carnet de mi madre. Los largos cabellos barrocamente dispuestos sobre la frente y alrededor del rostro habían sido cuidadosamente raspados. El blanco que aparecía alrededor de la cabeza había sido cambiado con un lápiz en un gris nebuloso. Con el mismo lápiz alguien había endurecido levemente las líneas del rostro. La mujer de la foto no era Amalia: era yo.

12

Salí a la calle arrastrando mi bolsa. Me di cuenta de que todavía tenía en la mano el documento de identidad, lo volví a poner en la funda de plástico y dejé dentro mecánicamente la tarjeta de Polledro. Metí todo en mi bolso y miré alrededor trastornada, pero contenta de que el tío Filippo se hubiese quedado de veras esperándome en la esquina.

Me arrepentí enseguida. Abrió mucho los ojos y la boca mostrándome los pocos dientes largos y amarillos de nicotina. Estaba estupefacto, pero la estupefacción se transformó rápidamente en contrariedad. No logré entender por qué de inmediato. Luego me di cuenta de que la causa era el vestido que llevaba puesto. Me esforcé por sonreírle, seguramente para calmarlo, pero también para alejar la impresión de haber perdido el dominio de mi cara, de tener una que era la adaptación de la de Amalia.

—¿Me queda mal? —le pregunté.

—No —dijo enojado, mintiendo claramente.

—¿Entonces?

—Enterramos a tu madre ayer —me reprochó en voz demasiado alta.

Pensé revelarle, por despecho, que el vestido era de Amalia, pero alcancé a prever que el despecho caería sobre mí; con seguridad volvería a desatarse en injurias contra su hermana.

—Estaba demasiado deprimida y quise hacerme un regalo —le dije.

—Vosotras las mujeres os deprimís con demasiada facilidad —farfulló olvidándose enseguida, con esa «demasiada facilidad», de lo que acababa de recordarme: que habíamos enterrado hacía poco a mi madre y tenía una buena razón para estar deprimida.

Además no estaba deprimida en absoluto. Me sentía, en cambio, como si me hubiera abandonado en un lugar y ya no estuviera en condiciones de volver a encontrarme; o sea, anhelante, con movimientos demasiado rápidos y escasamente coordinados, con la prisa de quien husmea por todas partes y no tiene tiempo que perder. Pensé que una manzanilla me haría bien y llevé al tío Filippo al primer bar que encontramos en la calle Scarlatti, mientras él empezaba a hablar de la mujer, que justamente estaba siempre triste: dura, gran trabajadora, atenta, ordenada, pero triste. El lugar, cerrado, me dio la impresión de un tapón de algodón en la boca. El olor intenso del café y las voces demasiado altas de los clientes y los camareros me empujaron hacia la salida, mientras mi tío ya chillaba con la mano en el bolsillo interior de la chaqueta: «Pago yo». Me senté a una mesa en la acera, entre chirridos de frenos, olor a lluvia inminente y a gasolina, autobuses llenos a rebosar que avanzaban al paso de un hombre y gente que pasaba deprisa chocando contra la mesa. «Pago yo», repitió el tío Filippo más débilmente, aunque ni siquiera habíamos pedido y dudaba de que alguna vez apareciera un camarero. Luego se acomodó bien en la silla y empezó a pavonearse:

—Siempre he tenido un carácter enérgico. ¿Sin dinero? Sin dinero. ¿Sin brazo? Sin brazo. ¿Sin mujer? Sin mujer. Lo esencial es la boca y las piernas: para hablar cuando te parece y para ir a donde te parece. ¿Tengo razón o no?

—Sí.

—También tu madre era así. Somos una raza que no se envilece. Cuando era pequeña, se lastimaba continuamente, pero no lloraba; nuestra madre nos había enseñado a soplar sobre la herida y a repetir: enseguida se me pasa. También cuando trabajaba, y se pinchaba con la aguja, le había quedado esa costumbre de decir: enseguida se me pasa. Una vez la aguja de la Singer le agujereó la uña del índice, salió por el otro lado, volvió a salir y entró de nuevo, tres o cuatro veces. Bueno, detuvo el pedal, luego lo movió apenas para sacar la aguja, se vendó el dedo y siguió trabajando. Nunca la vi triste.

Eso fue todo lo que oí. Me parecía que la nuca se me hundía en el escaparate a mi espalda. También la pared roja de la Upim, enfrente, parecía de un color fresco, recién exprimido. Dejé que los ruidos de la calle Scarlatti se hicieran tan fuertes como para taparle la voz. Vi los labios que se movían, de perfil, sin sonido; me parecieron de goma, movidos desde dentro por dos dedos. Tenía setenta años y ningún motivo para estar satisfecho de sí mismo, pero se esforzaba por estarlo y tal vez lo estaba de veras cuando iniciaba aquella charla sin descanso que los movimientos imperceptibles de los labios articulaban velozmente. Durante un instante pensé con horror en los hombres y las mujeres como organismos vivos, y me imaginé un trabajo de buril que nos puliera como siluetas de marfil, reduciéndonos sin agujeros ni excrecencias, todos idénticos y privados de identidad, sin ningún juego de rasgos somáticos, sin ninguna calibración de las pequeñas diferencias.

Aquel dedo herido de mi madre, agujereado por la aguja cuando no tenía ni diez años, lo conocía más que a mis propios dedos gracias a ese detalle. Era violeta, y en la lúnula la uña parecía hundirse. Había deseado mucho lamerlo y chuparlo, más que sus pezones. Tal vez me lo había dejado hacer cuando era muy pequeña, sin negarse. En la yema había una cicatriz blanca: la herida se había infectado y se la habían abierto. Yo sentía alrededor el olor de su vieja Singer, con esa forma de animal elegante medio perro, medio gato, el olor de la correa de cuero agrietada que transmitía el movimiento del pedal desde la rueda grande a la pequeña, la aguja que subía y bajaba del hocico, el hilo que corría por las narices y las orejas, el carrete que giraba sobre el perno clavado en la grupa. Sentía el sabor del aceite que servía para engrasarla, la pasta negra de la grasa mezclada con polvo que rascaba con la uña y me comía a escondidas. Pensaba agujerearme yo también la uña, para hacerle comprender que era arriesgado negarme lo que yo no tenía.

Eran demasiadas las historias de sus infinitas y minúsculas diversidades que la hacían inalcanzable, y que todas juntas la convertían en un ser deseado, en el mundo exterior, al menos tanto como la deseaba yo. Hubo una época en que me había imaginado que le arrancaba aquel dedo excepcional de un mordisco, porque no lograba encontrar el valor suficiente para ofrecer el mío a la boca de la Singer. Lo que no me había sido concedido de ella quería borrárselo del cuerpo. Así nada más se perdería o dispersaría lejos de mí, porque finalmente ya todo se había perdido.

Ahora que estaba muerta, alguien le había raspado los cabellos y le había deformado el rostro para reducirla a mi cuerpo. Sucedía después de que, durante años, por odio, por miedo, hubiera deseado perder todas sus raíces, hasta las más profundas: sus gestos, las inflexiones de su voz, el modo de agarrar un vaso o beber de una taza, cómo se ponía una falda, cómo un vestido, el orden de los objetos en la cocina, en los cajones, las modalidades de los lavados más íntimos, los gustos alimentarios, las repulsiones, los entusiasmos, y luego la lengua, la ciudad, los ritmos de la respiración. Todo rehecho, para convertirme en yo y separarme de ella.

Por otro lado, no había querido o no había logrado arraigar a alguien en mí. Después de un tiempo, también había perdido la posibilidad de tener hijos. Ningún ser humano se separaría de mí con la angustia con la que yo me había separado de mi madre solo porque no había logrado adherirme a ella definitivamente. No habría nadie más y nadie menos entre yo y otro hecho de mí. Seguiría siendo yo, hasta el fin, infeliz, descontenta de lo que había arrastrado furtivamente fuera del cuerpo de Amalia. Poco, demasiado poco, el botín que había logrado arrebatarle arrancándolo a su sangre, a su vientre y a la medida de su aliento, para esconderlo en el cuerpo, en la materia iracunda del cerebro. Insuficiente. ¡Qué maquillaje ingenuo y atolondrado había sido tratar de definir como «yo» esta fuga obligada de un cuerpo de mujer, aunque me hubiese llevado de él menos que nada! No era ningún yo. Y estaba perpleja: no sabía si lo que iba descubriendo y contándome, desde que ella no existía y no podía rebatirlo, me producía más horror o más placer.

13

Tal vez me recobré por la lluvia en la cara. O porque el tío Filippo, de pie a mi lado, me sacudía por un brazo con la única mano que tenía. El hecho es que sentí como una sacudida eléctrica y me di cuenta de que me había adormecido. «Llueve», farfullé mientras mi tío seguía sacudiéndome furiosamente. Chillaba apopléjico, pero yo no lograba entender qué decía. Me sentía débil y espantada, no lograba ponerme en pie. La gente llegaba corriendo en busca de cobijo. Los hombres gritaban o lanzaban risotadas y corrían chocando peligrosamente con la mesita. Temí que me tiraran. Alguien hizo volar un metro más allá la silla que hasta hacía poco había ocupado el tío Filippo. «Qué hermosa estación», dijo, y entró en el bar.

Traté de ponerme en pie creyendo que mi tío quería levantarme. Pero él me soltó el brazo, se tambaleó entre la gente y corrió a lanzar sorprendentes insultos desde el bordillo de la acera, señalando con el brazo extendido hacia el otro lado de la calle, por encima de los coches y los autobuses sobre los que tamborileaba la lluvia.

Me levanté, arrastrando detrás la bolsa y el bolso. Quería ver a quién se enfrentaba, pero el tráfico creaba un muro compacto de planchas y la lluvia caía cada vez más densa. Entonces me deslicé a lo largo de las paredes del edificio para evitar mojarme y encontrar mientras tanto un espacio entre los autobuses y los coches atascados. Cuando lo logré, vi a Caserta contra la mancha roja de la Upim. Caminaba casi doblado en dos, pero rápido, volviéndose continuamente hacia atrás como si temiese que lo siguieran. Chocaba contra los transeúntes, pero no parecía darse cuenta ni disminuía la marcha; encorvado, bamboleando los brazos, en cada choque giraba sobre sí mismo sin detenerse, como si fuese una silueta sujeta a un perno que, gracias a un mecanismo secreto, corría veloz a lo largo del adoquinado. Desde lejos parecía que cantara y bailara, pero tal vez solo imprecaba y gesticulaba.

Apreté el paso para no perderlo de vista, pero, como todos los transeúntes se habían amontonado en los portales, en los vestíbulos de las tiendas, según las cornisas o balcones, para moverme más rápidamente pronto me vi obligada a abandonar cualquier tentativa de protegerme y salir al descubierto, bajo la lluvia. Vi que Caserta saltaba para evitar las plantas y floreros expuestos en la acera por un florista. No lo logró, tropezó y fue a dar contra el tronco de un árbol. Se detuvo un momento, como si estuviese pegado a la corteza, luego se separó del árbol y volvió a correr. Me imaginé que había visto a mi tío y había empezado a escapar. Tal vez los dos viejos estaban reproduciendo, como si se tratara de un juego, una escena ya vivida de jóvenes: uno perseguía, el otro escapaba. Pensé que se pelearían en el adoquinado mojado, rodando hacia un lado y hacia el otro. No sabía bien cómo habría reaccionado yo, qué habría hecho.

En la esquina de Scarlatti con Luca Giordano me di cuenta de que lo había perdido. Busqué con la mirada al tío Filippo, pero tampoco lo vi. Entonces crucé la calle Scarlatti, que se había convertido en un largo signo de interrogación formado por vehículos detenidos, hasta la plaza Vanvitelli, y empecé a subir por la otra acera corriendo, hasta la primera calle. Tronaba sin relámpagos visibles; los truenos eran como secas laceraciones de un tejido. Vi a Caserta al final de la calle Merliani, azotado por la lluvia bajo el metal azul y rojo de un gran cartel, contra la pared blanca de la Floridiana. Corrí tras él, pero un jovencito salió bruscamente de un portón, me cogió de un brazo riendo y me dijo en dialecto: «¿Adónde vas con tanta prisa? ¡Ven a secarte!». El tirón fue tan fuerte que sentí dolor en la clavícula y resbalé con la pierna izquierda. Si no me caí fue porque choqué contra un cubo de basura. Recuperé el equilibrio y me solté con fuerza, gritando, para mi asombro, insultos dialectales. Cuando llegué al cerco del parque, Caserta estaba casi en el extremo de la calle, a pocos metros de la estación del funicular en obras.

Me detuve con el corazón en la garganta. En aquel momento también él avanzaba sin correr a lo largo de la hilera de plátanos, entre los coches aparcados a la derecha. Caminaba, siempre doblado en dos, fatigosamente, con una resistencia en las piernas inimaginable en un hombre de su edad. Cuando pareció que no podía más, se apoyó jadeante contra la valla de una obra. Vi cómo retorcía el cuerpo, en una posición en la que parecía que le saliese de la cabeza blanca el tubo Innocenti donde estaba colgado el cartel «Trabajos de demolición y reconstrucción de la estación de plaza Vanvitelli-Funicular de Chiaia». Estaba segura de que ya no tendría fuerzas para moverse de allí, cuando algo volvió a alarmarlo. Entonces golpeó con el hombro la pared del parque, como si quisiera hundirla y escapar a través de la brecha. Miré a la izquierda para ver qué lo asustaba de aquella manera; esperaba que fuese mi tío. No era él. Bajo la lluvia, proveniente de la calle Bernini, corría, en cambio, Polledro, el hombre de la tienda Vossi. Le gritaba algo, haciéndole señas para que se detuviese, o bien señalándolo amenazadoramente con la mano abierta.

Caserta saltó de un pie al otro mirando alrededor en busca de una vía de escape. Pareció decidido a retroceder, por la calle Cimarosa, pero me vio. Entonces dejó de agitarse, se acomodó los cabellos blanquísimos y, de improviso, pareció decidido a enfrentarse tanto a Polledro como a mí. Fue rozando con la espalda a lo largo de la valla de la obra, luego contra un coche detenido. Yo también volví a correr, justo para ver a Polledro moverse como si patinase por el gris metálico del adoquinado, una figura maciza y sin embargo ágil contra el columpio de barras de hierro amarillo colocado a la salida de la plaza Vanvitelli. En aquel momento reapareció mi tío. Surgió de una freiduría donde debía de haberse protegido. Me había visto llegar y corría a mi encuentro arrogante, con pasitos veloces bajo la lluvia. El hombre de las Vossi se lo encontró delante inesperadamente, y fue inevitable que terminara encima de él. Después del choque se abrazaron tratando de ayudarse el uno al otro a mantenerse de pie, de ese modo giraron juntos tratando de buscar un punto de equilibrio. Caserta aprovechó para hundirse en la luz blanca de la calle Sanfelice, bajo una lluvia chispeante, entre la multitud que trataba de protegerse en la entrada del funicular.

Reuní las pocas energías que me quedaban y corrí detrás, en un ambiente denso de vapores, lodoso por la lluvia, gris por la cal. El funicular estaba a punto de partir y los pasajeros se empujaban unos a otros para validar el billete. Caserta ya había pasado y estaba bajando los escalones, pero se detenía a menudo, estiraba el cuello para mirar a su espalda y luego acercaba de improviso el rostro congestionado a la persona que caminaba a su lado para susurrarle algo. O tal vez se hablaba a sí mismo, pero con una voz que se esforzaba por mantener baja, agitando la mano derecha arriba y abajo con tres dedos bien extendidos y el pulgar y el índice juntos. Durante unos segundos esperaba inútilmente una respuesta. Por fin seguía bajando.

Saqué el billete y me precipité yo también hacia los dos vagones, amarillos y luminosos. No logré ver en cuál de los dos había entrado. Bajé hasta la mitad del segundo vagón sin lograr encontrarlo y luego me decidí a entrar buscando un paso entre la multitud de pasajeros. El aire era pesado y mezclaba el olor del sudor con el de la tela mojada. Miré alrededor en busca de Caserta. En lugar de ello, vi a Polledro bajando los escalones de dos en dos, seguido de mi tío, que le gritaba no sé qué. Apenas tuvieron tiempo de entrar en el primer vagón y enseguida se cerraron las puertas. Pocos segundos después aparecieron contra el cristal rectangular del lado que daba a mi vagón: el hombre de la tienda Vossi miraba alrededor furibundo, y mi tío le tiraba de un brazo. El funicular se puso en marcha.

14

Eran vagones nuevos, muy diferentes de los que funcionaban cuando era niña. De aquellos conservaban la forma de paralelepípedo que parecía haber sido proyectado hacia atrás en toda la estructura por un violento choque frontal. Pero cuando el funicular empezó a caer en el pozo oblicuo que tenía delante, volví a encontrar los crujidos, las vibraciones y las sacudidas. Sin embargo, los vagones se deslizaban por la pendiente colgados de los cables de acero a una velocidad que tenía poco que ver con la reposada lentitud salpicada de sacudidas y ruidos sordos con la que se deslizaban en otra época. De sonda circunspecta bajo la piel de la colina, el vehículo me pareció transformado en una inyección en la vena, brutal. Y, con fastidio, sentí que palidecía la memoria de los viajes agradables con Amalia, cuando ya había dejado de coser guantes y me llevaba con ella a entregar a las clientas acomodadas del Vomero los trajes que cosía para ellas. Se había vuelto bella y cuidada para parecer tan señora como aquellas para las que trabajaba. Yo, en cambio, era flaca y sucia, o al menos así me sentía. Me sentaba a su lado en el asiento de madera y tenía sobre las rodillas, bien acomodado para que no se arrugase, el vestido en el que estaba trabajando o acababa de terminar, envuelto en papel de embalar sujeto en las puntas con alfileres. Tenía el paquete apoyado en las piernas y en el vientre, como una custodia en la que estaba encerrado el olor y el calor de mi madre. Lo sentía en cada milímetro de la piel que rozaba el papel. Y aquel contacto me producía entonces una melancólica languidez, marcada por las sacudidas del vagón.

Ahora, en cambio, tenía la impresión de perder altura como una Alicia envejecida en la persecución del conejo blanco. Por eso reaccioné separándome de la puerta y esforzándome por llegar al centro del vagón. Estaba en la parte alta, en el segundo compartimiento. Traté de abrirme camino, pero los pasajeros me observaban fastidiados, como si tuviese algo repugnante en mi aspecto, y me rechazaban con hostilidad. Avanzaba con dificultad, luego renuncié a moverme y busqué con la mirada a Caserta. Lo distinguí al fondo, en el último compartimiento, en una plataforma amplia. Estaba detrás de una muchacha de unos veinte años, muy modesta. Lo veía de perfil al igual que a la muchacha. Parecía un caballero tranquilo con una digna vejez, tratando de leer el periódico, gris por la lluvia. Lo sostenía con la mano izquierda, doblado en cuatro, y con la derecha se agarraba al pasamanos de metal brillante. Muy pronto me di cuenta de que secundaba las oscilaciones del vagón y se acercaba cada vez más al cuerpo de la joven. A veces tenía la espalda arqueada, las piernas un poco abiertas, el vientre apoyado en las nalgas de ella. Nada justificaba aquel contacto. A pesar del gentío, tenía a su espalda bastante espacio para colocarse a la debida distancia. Pero, aunque la muchacha se volvió con rabia mal contenida y luego se movió un poco hacia delante para escapar, el viejo no desistió. Esperó algunos segundos antes de recuperar los centímetros perdidos, y pegó de nuevo la tela de los pantalones azules a los tejanos de ella. Recibió un tímido codazo en las costillas, pero continuó impasible fingiendo leer, e incluso empujó con más decisión el vientre contra ella.

Me volví en busca de mi tío. Lo vi en el otro vagón, vigilante, con la boca abierta. Polledro, a su lado, entre la multitud, golpeaba el cristal. Tal vez trataba de atraer la atención de Caserta. O la mía. Ya no estaba mal dispuesto como le había visto en la tienda. Parecía un muchacho humillado y anhelante, obligado a asistir detrás de una ventana a un espectáculo que lo hacía sufrir. Desvié la mirada de él a Caserta, desorientada. Me pareció que tenía la misma boca, de plástico rojo, rígida por la tensión. Pero no logré fijar esa impresión. El funicular se detuvo oscilando, vi que la muchacha se dirigía hacia la salida casi corriendo. Como si estuviese pegado a ella, Caserta la siguió con la espalda arqueada y las piernas abiertas, entre el estupor y alguna risa nerviosa de sus compañeros de viaje. La joven saltó fuera del vagón. El viejo dudó un instante, se recompuso y alzó la mirada. Creí que lo hacía atraído por los golpes, en aquel momento frenéticos, de Polledro. En cambio, como si siempre hubiese sabido el punto preciso en el que me encontraba, me identificó enseguida entre la multitud, que lo señalaba con rumores de desaprobación, y me dirigió una mirada alegremente amistosa para darme a entender que la pantomima a la que se dedicaba me concernía. Luego se deslizó con brusquedad fuera del vagón, a la manera de un actor rebelde que ha decidido no seguir el libreto.

Me di cuenta de que también Polledro trataba de bajar. A mi vez traté de llegar a la puerta, pero estaba lejos de la salida y me veía rechazada por el flujo de los que salían. El funicular volvió a ponerse en marcha. Miré hacia arriba y me di cuenta de que tampoco el hombre de la tienda Vossi lo había logrado. Pero el tío Filippo sí.

15

En el rostro de los viejos es difícil descubrir las facciones que tuvieron de jóvenes. A veces ni logramos pensar que tuvieron una juventud. Mientras el funicular continuaba su descenso, me di cuenta de que poco antes, con el movimiento de la mirada de Polledro a Caserta y viceversa, había imaginado un tercer hombre que no era Caserta y mucho menos Polledro. Se trataba de un hombre joven, de tez aceitunada, cabellos negros, con un abrigo de pelo de camello. Aquel ectoplasma, enseguida deshecho, era el resultado de un deslizamiento de los rasgos corporales, como si mi mirada hubiese causado una confusión accidental entre los pómulos de Caserta y los del gorila de la tienda Vossi, entre la boca de uno y la del otro. Me reproché haber hecho demasiadas cosas que no debía hacer: me había puesto a correr, me había abandonado a la zozobra, me había excedido en mi frenesí. Traté de calmarme. Pocos minutos después apareció la estación de Chiaia, un búnker de cemento, suavemente iluminado. Me preparé para bajar, pero todavía no me sentía tranquila. Amalia, dentro de mi cabeza, miraba también aquella caprichosa composición corporal que había conseguido poco antes. Estaba allí firme, exigente, en un ángulo de la vieja estación de hacía cuarenta años. La vi mejor en ese segundo plano, como si yo estuviese trabajando en un puzzle todavía no identificable en los detalles: solo los cabellos sueltos, un perfil oscuro delante de tres siluetas de madera coloreada que tal vez estaban allí desde hacía poco menos de medio siglo para publicitar vestidos. Mientras tanto salí del vagón, casi empujada hacia la escalera por los pasajeros impacientes. Me sentía helada a pesar del aire sofocante, de invernadero o de catacumba. Entonces Amalia había aparecido definitivamente del todo, joven y ondulante, en el vestíbulo de una estación que, como ella, ya no existía. Me detuve para darle tiempo a embelesarse mirando las siluetas: tal vez una pareja elegante que llevaba un perro lobo con la correa. Sí. Eran de cartón y madera, de dos metros de altura, con menos de un centímetro de espesor, con varas sosteniéndoles la espalda. Recurrí a detalles elegidos al azar para colorearlos y vestirlos. Me pareció que el hombre llevaba chaqueta y pantalones príncipe de Gales, abrigo de pelo de camello, una mano enguantada que estrechaba otro guante, un sombrero de fieltro bien encajado. La mujer tal vez llevaba un traje chaqueta oscuro con un chal de tela azul cubierta por una redecilla delicadamente coloreada; tenía en la cabeza un sombrero con plumas, y ojos profundos detrás del velo. El perro lobo estaba echado sobre las patas traseras, con las orejas vigilantes, apretado contra las piernas del amo. Los tres tenían aspecto sano y alegre en el vestíbulo de la estación, que en aquella época era gris y polvorienta, dividida en dos por una reja negra. A pocos pasos de ellos caían desde lo alto grandes haces de luz entre los escalones, que hacían brillar el verde (¿o el rojo?) del funicular cuando se deslizaba lentamente fuera del túnel en la colina.

Empecé a bajar por la escalera hacia las barras de la verja automática. El resto sucedió en un tiempo brevísimo, pero extraordinariamente dilatado. Polledro me tomó de una mano, torpemente, apenas debajo de la muñeca. Estuve segura de que era él aun antes de volverme. Oí que me pedía que me detuviera. No lo hice. Me dijo que nos conocíamos bien, que él era el hijo de Nicola Polledro. Luego agregó, por si aquella información no era suficiente para retenerme: «El hijo de Caserta».

Me detuve. Dejé que también Amalia se detuviera frente a aquella silueta con la boca semicerrada, los dientes blancos levemente manchados por el lápiz de labios, insegura entre un comentario irónico o una frase de asombro. La pareja de madera y cartón se dejó admirar con indiferencia, en el fondo de la escalinata, a la izquierda. Yo, que me sentí presente al lado de ella aunque no lograba verme, creí que aquellos señores eran las imágenes de los dueños del funicular. Gente venida de lejos: eran tan anormales, tan fuera de lugar, tan diferentes en su mágica variedad, que parecían de otra nación. Hace cuarenta años, los debía de considerar una posibilidad de fuga, la prueba de que existían otros lugares adonde podíamos ir, Amalia y yo, cuando quisiéramos. Pensé con seguridad que también mi madre, atenta, estaba estudiando la manera de escapar conmigo. Pero luego tuve la sospecha de que se detenía allí por otras razones: tal vez solo para estudiar los vestidos de la mujer y su manera de colocar el cuerpo. Probablemente quería reproducirlos en los vestidos que cosía. O aprender a vestirse ella misma de aquel modo, y de aquel modo permanecer desenvuelta en espera del funicular. Sentí con sufrimiento, después de muchas décadas, que allí, en aquel ángulo de esa estación, yo no había logrado pensar sus pensamientos desde dentro de ella, desde el interior de su respiración. En aquel tiempo su voz solo podía decirme: haz esto, haz aquello, pero ya no podía ser parte de la cavidad que concebía esos sonidos y establecía cuáles debían sonar en el mundo exterior y cuáles seguir siendo sonidos sin sonido. Y me desagradó.

La voz de Polledro llegó como un empujón contra aquel dolor. El vestíbulo de hacía cuarenta años se sacudió. Las siluetas resultaron ser de polvo coloreado y se disolvieron. Después de muchos años, trajes y posturas de aquel tipo habían desaparecido del mundo. La pareja había sido retirada junto con el perro como si, después de haber esperado inútilmente, se hubiera hartado y hubiese decidido volver al castillo de quién sabe dónde. Me costó mantener a Amalia detenida ante la nada. Además, un instante antes de que Polledro dejase de hablar, me di cuenta de que me había confundido, que el traje chaqueta oscuro de la mujer de cartón y su chal no habían sido suyos, sino de mi madre. Era Amalia la que se vestía de aquella manera elegante, hacía tanto tiempo, como para una cita que le interesaba. Entonces, con la boca semicerrada, los dientes apenas manchados por el lápiz de labios, miraba no la figura sino a él, al hombre con el abrigo de pelo de camello. Y el hombre le hablaba, y ella le contestaba, y él volvía a hablar, pero yo no comprendía qué se decían.

Polledro se dirigía a mí en tono cautivador para obligarme a prestarle atención. Tenía la cara de su padre de joven, con rasgos bien alimentados, y me estaba ayudando sin querer a recordar que Caserta se encontraba con mi madre en el espacio destruido de la estación de Chiaia. Negué con la cabeza y Polledro debió de pensar que no le creía. Pero era en mí misma en quien no confiaba. Volvió a repetir: «Soy yo, Antonio, el hijo de Caserta». Me estaba dando cuenta de que aquellas figuras de madera y cartón conservaban en realidad solo una impresión de tierras extranjeras y de promesas no mantenidas. Brillaban como zapatos lustrados con Brill, pero sin detalles. Podían haber sido siluetas publicitarias de dos hombres, o de dos mujeres, indiferentemente; podía no haber existido perro alguno; podían haber tenido un prado bajo los pies o un adoquinado; y ni recordaba de qué hacían propaganda. Ya no lo sabía. Los detalles que había desenterrado —en ese momento no estaba segura— no pertenecían a ellos: eran solo el resultado de un ensamblaje desordenado de trajes y gestos. Solo era nítido aquel hermoso rostro joven, aceitunado, con cabellos negros, un despojo de los rasgos de Polledro hijo sobre una sombra que había sido Polledro padre. Caserta hablaba con gentileza a Amalia, mientras sujetaba de la mano a su hijo Antonio, que era de mi edad; y mi madre me sujetaba a mí seguramente sin darse cuenta de mi mano en la suya. Reconocía la boca de Caserta, que se movía con rapidez, y le veía la lengua, roja, con el frenillo que la trababa impidiéndole deslizarse hacia Amalia más de lo que ya intentaba hacerlo. Me di cuenta de que, en mi cabeza, el hombre de cartón del funicular llevaba la ropa de Caserta y su compañera llevaba la de mi madre. El sombrero con plumas y velo había viajado largamente, proveniente de no se sabía qué fiesta de boda, antes de posarse allí. Ignoraba el destino del chal, pero sabía que durante años había permanecido alrededor del cuello y a lo largo de un hombro de mi madre. En cuanto al traje chaqueta —cosido, descosido, regirado—, era el mismo que Amalia se ponía para tomar el tren e ir a verme a Roma para celebrar mi cumpleaños. Cuántas cosas atraviesan el tiempo separándose azarosamente de los cuerpos y las voces de las personas. Mi madre conocía el arte de hacer durar los vestidos eternamente.

Dije por fin a Polledro, sorprendiéndolo con un tono sociable que no esperaba, después de tanta muda resistencia:

—Me acuerdo muy bien. Eres Antonio. ¿Cómo es posible que no te reconociera enseguida? Tienes los mismos ojos de entonces.

Le sonreí para demostrarle que no le era hostil, pero también para saber si sentía hostilidad hacia mí. Me miró perplejo. Lo vi inclinarse para besarme en una mejilla, pero luego renunció como si algo de mí le repeliese.

—¿Qué pasa? —le pregunté al hombre de Vossi, que, disipada la tensión del primer acercamiento, me miraba con leve ironía—. ¿Ya no te gusta mi vestido?

Después de un instante de vacilación, Polledro se decidió. Rió y me dijo:

—¡Vaya pinta! ¿Te has visto? Ven, no puedes ir así.

16

Me empujó hacia la salida y luego, corriendo, hacia la parada de los taxis. Bajo el techo del metro se amontonaba la gente sorprendida por la lluvia. El cielo estaba negro y el viento soplaba fuerte, empujando oblicuamente una cortina de agua fina y densa. Polledro me hizo subir a un taxi que apestaba a tabaco. Hablaba en tono desenvuelto y seguro, sin dejarme hacerlo a mí, como si estuviese convencido de que yo debía sentir mucho interés por lo que estaba diciendo. Pero yo escuchaba poco y mal, no lograba concentrarme. Tenía la impresión de que se estaba expresando sin un objetivo preciso, con una soltura frenéticamente exhibida que solo le servía para contener la ansiedad. No quería que me la contagiase.

Con cierta solemnidad se excusó en nombre de su padre. Dijo que no sabía qué hacer: la vejez le había estropeado el cerebro definitivamente. Me aseguró que el viejo no era peligroso, y mucho menos malvado. Era incontrolable, eso sí; tenía un cuerpo sano y resistente, andaba siempre por la calle, era imposible mantenerlo sujeto. Cuando lograba sacarle bastante dinero, desaparecía durante meses. Y de pronto empezó a enumerarme las cajeras que había tenido que despedir porque el padre las había corrompido o engatusado.

Mientras Polledro hablaba advertí el olor: no el olor verdadero, dominado por el de sudor y tabaco que prevalecía en el taxi, sino un olor inventado a partir del de la tienda de dulces y especias donde a menudo habíamos jugado juntos. La tienda pertenecía a su abuelo y se encontraba a pocas casas del edificio donde vivíamos mis padres y yo. El cartel era de madera, azul, y a los costados del rótulo «Ultramarinos» había una palmera y una mujer negra con labios muy rojos. Aquel cartel lo había pintado mi padre a los veinte años. También había pintado el mostrador de la tienda, con un tono que se llamaba tierra de Siena quemada y que le había servido para hacer el desierto. En el desierto había puesto muchas palmeras, dos camellos, un hombre con sahariana y botas, cascadas de café, bailarinas africanas, un cielo azul ultramar y una luna en cuarto creciente. Costaba muy poco llegar frente a aquel paisaje. Los niños vivíamos en la calle, sin vigilancia; me alejaba del patio de casa, doblaba la esquina, empujaba la puerta, que era de madera, pero con medio cristal en la parte superior y una barra de metal en diagonal, y enseguida sonaba una campanilla. Entonces entraba y la puerta se cerraba a mi espalda. El borde estaba forrado de tela, o tal vez cubierto de goma, para impedir que golpeara con estruendo. El aire olía a canela y a crema. En el umbral había dos sacos con los bordes enrollados, llenos de café. Arriba, en el mármol del mostrador, algunos recipientes de cristal trabajado, con dibujos en relieve, mostraban confites blancos, azules y rosa, caramelos blandos de leche, algunas perlitas multicolores de azúcar que se deshacían en la boca y derramaban en la lengua un líquido dulce, regaliz en barritas negras, en tiras planas o enrolladas, en forma de pescado o de barca. Mientras el taxi combatía con el viento, la lluvia, las calles inundadas, el tráfico, no lograba encajar la repulsión por la lengua roja de Caserta con los juegos inquietantes con el niño Antonio, con la violencia y la sangre que había derivado de ellos, con aquel olor lánguido que Polledro había conservado en el aliento.

Ahora trataba de justificar a su padre. A veces —me estaba diciendo— fastidiaba un poco a la gente, pero bastaba con tener paciencia; sin paciencia vivir en esa ciudad se hacía difícil. Y más aún, ya que el viejo no hacía demasiado daño. El mayor daño no se lo hacía al prójimo, sino a la tienda Vossi cuando molestaba a los clientes. Se le enrojecían los ojos y, si lo hubiese tenido entre las manos, habría tardado poco en olvidarse de que era su padre. Me preguntó si me había molestado. ¿Era posible que no se hubiese dado cuenta de que yo era la hija de Amalia? A él le bastaron pocos minutos, el tiempo de reunir las ideas; no podía imaginar cuánto le había alegrado volver a verme. Corrió detrás de mí, pero yo había desaparecido. En cambio había visto a su padre, y aquello le había hecho perder los estribos. No, no podía comprenderlo. Estaba arriesgando el presente y el porvenir de la tienda Vossi. ¿Le creería si me decía que no tenía un segundo de tregua? Pero su padre no se daba cuenta de la inversión económica y emocional que había hecho en aquella empresa. No, no se daba cuenta. Lo atormentaba con continuas peticiones de dinero, lo amenazaba noche y día por teléfono y molestaba a los clientes a propósito. Por otra parte, no debía pensar que era siempre como lo había visto en el funicular. Llegado el caso el viejo sabía tener buenas maneras, un verdadero señor, de modo que las mujeres lo escuchaban. Luego, si cambiaba de actitud, llegaban los problemas. Perdía dinero por culpa de su padre, pero ¿qué podía hacer? ¿Matarlo?

Le decía desganadamente: sí, claro, no, bueno. Estaba incómoda. Tenía el vestido empapado. Me había visto en el espejo retrovisor del taxi y me había dado cuenta de que la lluvia había corrido mi maquillaje. Estaba helada. Hubiera preferido volver a casa de mi tío, saber qué le había pasado, tranquilizarme, tomar un baño caliente y echarme. Pero aquel cuerpo macizo a mi lado, hinchado de comida, de bebida, de preocupaciones y de rencor, que llevaba sepultado dentro de él a un niño que olía a clavo de especia, milflores y nuez moscada con el que secretamente había jugado de pequeña, me intrigaba más que las palabras que estaba pronunciando. Descartaba que pudiese contarme algo que yo misma no me hubiese narrado ya. No lo esperaba. Pero verle aquellas manos enormes, anchas y gruesas, y recordar las que había tenido de niño, y sentir que eran las mismas, aunque no conservasen ninguna señal de entonces, me frenaba incluso para preguntarle adónde íbamos. Junto a él me sentía miniaturizada, con una mirada y una estatura que hacía tiempo no me pertenecían. Rodeaba el desierto pintado a lo largo del mostrador del bar-ultramarinos, apartaba una cortina negra y entraba en otro ambiente, donde no llegaban las palabras de Polledro. Allí estaba su abuelo, el padre de Caserta, color bronce, calvo pero con el cráneo oscuro, con el blanco de los ojos rojo, la cara larga, pocos dientes en la boca. A su alrededor se agolpaban máquinas misteriosas. Con una, de forma alargada, celeste, atravesada por una barra brillante, elaboraba helados. Con otra montaba crema amarilla en una tina dentro de la cual giraba un brazo mecánico. Al fondo había un horno eléctrico con tres compartimientos, con mirillas oscuras cuando estaba apagado y botones negros. Y detrás de un mostrador de mármol, el abuelo de Antonio, encogido, mudo, apretaba con habilidad un embudo de tela con una boquilla dentada de la que salía crema. La crema se estiraba sobre las masas y alrededor de los pasteles dejando una hermosa marca ondulada. Trabajaba ignorándome. Me sentía agradablemente invisible. Mojaba un dedo en la tina de crema, me comía una pasta, tomaba una fruta confitada, me llevaba algunos confites plateados. Él no pestañaba. Hasta que aparecía Antonio, que me hacía señas y abría, a espaldas del abuelo, la puertecita del sótano. De allí, de aquel lugar de arañas y moho, a menudo aparecían, cien veces seguidas y en pocos segundos, Caserta con abrigo de pelo de camello y Amalia con el traje chaqueta oscuro, a veces con sombrero y velo, a veces sin él. Yo los veía y trataba de cerrar los ojos.

—Mi padre solo ha estado bien en este último año —dijo Polledro con el tono de quien se dispone a exagerar para ganarse un poco de la benevolencia del que escucha—. Amalia fue con él de una gentileza, de una comprensión, que nunca hubiese esperado.

Era verdad —siguió, cambiando de tono— que el viejo le había quitado muchísimo dinero para vestirse como un figurín y lucirse con mi madre. Pero Polledro no se lamentaba de aquel dinero. Su padre le había armado muchas otras. Y temía que pronto se metiera en problemas más graves. No, había sido una verdadera desgracia: Amalia no debería haber hecho lo que hizo. Ahogarse. ¿Por qué? Qué lástima, qué lástima. Su muerte había sido una terrible desgracia.

En aquel momento Polledro parecía hundido por la memoria de mi madre y empezó a disculparse por no haber ido al entierro, por no haberme dado el pésame.

—Era una mujer excepcional —repitió varias veces, aunque es probable que nunca se hubieran hablado. Y luego me preguntó—: ¿Sabías que mi padre y ella se veían?

Le contesté que sí, mirando por la ventanilla hacia fuera. Se veían. Y me vi en la cama de mi madre, mientras me observaba estupefacta la vagina con un espejito. Verse: Amalia me había mirado, insegura, y luego había vuelto a cerrar sin prisa la puerta del dormitorio.

Ahora el taxi seguía la carretera de la costa gris y abarrotada; un tráfico denso y veloz, golpeado por la lluvia y el viento. El mar levantaba altas olas. De niña raramente había visto una marejada tan imponente en el golfo. Era similar a las ingenuas exageraciones pictóricas de mi padre. Las olas se alzaban oscuras, con la cresta blanca, saltaban sin trabajo la barrera de los escollos y a veces llegaban a salpicar el adoquinado. El espectáculo había reunido a grupos de curiosos que, bajo una selva de paraguas, gritaban señalando las crestas más altas en el momento en que se lanzaban en mil salpicaduras más allá de la escollera.

—Sí, lo sabía —repetí con mayor convicción.

Calló un instante, asombrado. Luego continuó divagando sobre la vida: una fea existencia, el matrimonio destrozado, tres hijos a los que no veía desde hacía un año, una vida dura. Solo ahora empezaba a levantar cabeza. Y lo estaba logrando. ¿Yo? ¿Me había casado? ¿Tenía hijos? ¿Por qué? ¿Prefería vivir libre e independiente? Dichosa yo. Me arreglaría un poco y comeríamos juntos. Debía ver a algunos amigos suyos; pero, si no me molestaba, lo podía acompañar. Tenía el tiempo justo, pero con los negocios era así. Si tenía paciencia, luego podíamos hablar un poco.

—¿Te parece bien? —se acordó finalmente de preguntarme.

Le sonreí olvidando la cara que tenía, y bajé del taxi tras él, cegada por el agua y el viento, y obligada a un paso rápido por su mano que me apretaba un brazo. Empujó una puerta y me lanzó delante de él como un rehén, sin soltar la presa. Me encontré en el vestíbulo de un hotel de una suntuosidad descuidada, de polvorienta y apolillada opulencia. A pesar de la madera preciosa y los terciopelos rojos, el lugar me pareció miserable: luces demasiado bajas para un día tan plomizo, un zumbido intenso de voces con entonaciones dialectales, un vaivén de platos y cubiertos proveniente de una gran sala a mi izquierda, las idas y venidas de camareros que se intercambiaban recíprocas groserías, un olor pesado de cocina.

—¿Está Moffa? —preguntó Polledro en dialecto a alguien de la recepción.

Le respondió con un gesto molesto que quería decir: ¡y tanto!; está aquí desde hace rato. Polledro me dejó y fue apresuradamente a la entrada del salón donde se celebraba un banquete. El hombre de la recepción aprovechó para echarme una mirada de disgusto. Me vi en un gran espejo vertical encerrado en un marco dorado. Llevaba el liviano vestido pegado. Me veía más flaca y a la vez más musculosa. El pelo estaba tan pegado al cráneo que daba la impresión de estar pintado. La cara parecía descompuesta por una mala enfermedad de la piel, lívida de rímel alrededor de los ojos y descamada o con manchas en los pómulos y las mejillas. Llevaba colgada con cansancio en una mano la bolsa de plástico en la que había metido todas las cosas que encontré en la maleta de mi madre.

Polledro volvió de mal humor. Comprendí que había llegado tarde por culpa de su padre y tal vez por la mía.

—¿Qué hago ahora? —le dijo al recepcionista.

—Siéntate, come y, cuando la comida haya terminado, le hablas.

—¿No me puedes encontrar un lugar en su mesa?

—¿Eres tonto? —dijo el hombre.

Y explicó irónicamente, con el aire de quien repite cosas sabidas para gente de poco alcance, que en la mesa de Moffa estaban los profesores, el rector, el alcalde, el asesor de cultura y sus consortes. Era impensable un lugar en aquella mesa.

Miré a mi amigo de la infancia: también él estaba bañado por la lluvia y desarreglado. Vi que me miraba con embarazo. Estaba agitado, le aparecían y desaparecían en el rostro los rasgos del niño que recordaba. Me dio pena y no me sentí contenta por él. Me alejé hacia el comedor para permitirle discutir con el hombre de la recepción sin sentirse obligado a tener en cuenta mi presencia.

Me apoyé contra la vidriera que daba al comedor, atenta para no ser empujada por los camareros que entraban y salían. Las voces altas y el tintineo de los cubiertos me parecieron de un volumen insoportable. Se celebraba una especie de comida inaugural, o tal vez de cierre. Quién sabe de qué congreso o encuentro. Había por lo menos doscientas personas. Me impresionó la disparidad evidente entre los comensales. Algunos iban bien arreglados, conjuntados, incómodos, a veces irónicos, a veces aquiescentes, en general sobriamente elegantes. Otros estaban congestionados, se excitaban con la comida y las charlas, habían cargado el cuerpo de todo aquello que podía señalar la posibilidad de gastar derrochando dinero a borbotones. Sobre todo eran las mujeres las que sintetizaban las diferencias entre sus hombres. Delgadeces encerradas en trajes de fina confección, alimentadas con mucha parsimonia e iluminadas de manera difusa por sonrisas corteses, se sentaban al lado de cuerpos desbordantes, apretados en vestidos tan costosos como chillones, coloreados y brillantes de oro y joyas, iracundamente mudas o charlatanas y sonrientes.

Desde donde me encontraba era difícil entender qué ventajas, qué complicidad, qué ingenuidad había llevado a gente tan visiblemente distinta a la misma mesa. Por otra parte, no me interesaba saberlo. Me asombró solo que la sala pareciera uno de los lugares donde, de niña, me imaginaba que escapaba mi madre apenas salía de casa. Si en aquel momento hubiera entrado Amalia con su traje chaqueta azul de hacía décadas, el chal delicadamente coloreado y el sombrero con velo, del brazo de Caserta con su abrigo de pelo de camello, seguramente habría cruzado de manera vistosa las piernas y hecho centellear los ojos a derecha e izquierda con alegría. Eran fiestas de comida y risas como aquellas que la hacían irse cuando dejaba la casa sin mí y yo estaba segura de que nunca volvería. Me inventaba que estaba cargada de oro y plata, que comía sin contención. Tenía la seguridad de que también ella, apenas estaba fuera de casa, sacaba de la boca una lengua larga y roja. Yo lloraba en el desván, junto al dormitorio.

—Ahora te da la llave —me dijo Polledro hablando detrás de mí, sin la amabilidad de antes, más bien groseramente—. Te arreglas un poco y luego nos encontramos en esa mesa.

Lo vi cruzar la sala, rozar una larga mesa, saludar de manera deferente a un hombre anciano que hablaba en voz muy alta a una señora cuidada, arreglada, de cabellos azulados y peinado anticuado. El saludo fue ignorado. Polledro miró furioso para otro lado y fue a sentarse, dándome la espalda, a una mesa donde un hombre gordo, con bigotes negrísimos, y una mujer muy pintada, con un vestido estrecho que al sentarse se le había subido muy por encima de las rodillas, devoraban comida en silencio, a disgusto.

No me gustó que me hablara de aquel modo. Era un tono de voz que transmitía órdenes y no admitía réplica. Pensé en cruzar el salón y decirle a mi ex compañero de juegos que me iba. Pero me detuvo la conciencia de mi aspecto y aquella fórmula: compañero de juegos. ¿Qué juegos? Habían sido juegos que jugué con él solo para ver si sabía jugarlos como me imaginaba que lo hacía secretamente Amalia. Mi madre pedaleaba todo el día en la Singer como un ciclista en fuga. En casa vivía humilde y esquiva, y escondía sus cabellos, sus chales de colores, sus vestidos. Pero yo sospechaba, igual que mi padre, que fuera de casa se reía de otra manera, respiraba de otra manera, orquestaba los movimientos del cuerpo de manera que dejaba a todos con la boca abierta. Doblaba la esquina y entraba en la tienda del abuelo de Antonio. Se deslizaba alrededor del mostrador, comía dulces y confites plateados, zigzagueaba sin ensuciarse entre mostradores y fuentes. Luego llegaba Caserta, abría la puertecita de hierro y bajaban juntos al fondo del sótano. Allí mi madre se soltaba los larguísimos cabellos negros y aquel movimiento brusco llenaba de chispas el aire oscuro que olía a tierra y moho. Luego se tendían ambos en el suelo boca abajo y se arrastraban riendo burlonamente. El sótano era como un corredor largo pero de escasa altura. Se podía avanzar solo a gatas, entre restos de madera o de hierro, cajas y cajas llenas de viejas botellas para la conserva de tomate, alientos de murciélago o chillidos de ratón. Caserta y mi madre se deslizaban mirando los ventanales blancos de luz que se abrían a intervalos fijos a su izquierda. Eran respiraderos cruzados por nueve barras y protegidos con un retículo para impedir que pasaran los ratones. Desde el exterior los niños miraban la oscuridad y las manchas de luz, grabándose la marca del retículo en la nariz y en la frente. Ellos, en cambio, desde el interior, los vigilaban para estar seguros de no ser vistos. Bien ocultos en las zonas más oscuras, se tocaban mutuamente entre las piernas. Yo, entretanto, me distraía para no llorar y, ya que el abuelo de Antonio no intentaba prohibírmelo sino que esperaba vengarse de Amalia haciéndome morir de indigestión, me llenaba de caramelos blandos, de regaliz, de crema rascada del fondo de la tina donde la elaboraba.

—Habitación doscientos ocho, en el segundo piso —me dijo un empleado. Tomé la llave y renuncié al ascensor. Me fui a paso lento por una amplia escalera, a lo largo de la cual corría una alfombra roja fijada con barras doradas.

17

La habitación 208 era escuálida como la de un hotel de tercera clase. Se encontraba en el fondo de un corredor sin salida y mal iluminado. Estaba al lado de un trastero descuidadamente abierto y lleno de escobas, carros, aspiradoras, ropa blanca sucia. Las paredes tenían un color amarillento y encima de la cama de matrimonio había una Virgen de Pompeya con una rama seca de olivo entre el clavo y el triángulo de metal que sostenía la imagen enmarcada. Los sanitarios, que dadas las pretensiones del hotel deberían haber tenido un precinto, estaban sucios como si los hubieran usado hacía poco. No habían vaciado la papelera. Entre la cama de matrimonio y la pared había un estrecho pasillo que permitía llegar a la ventana. La abrí con la esperanza de que diese al mar; naturalmente, se asomaba a un patio interior. Me di cuenta de que había dejado de llover.

En primer lugar intenté telefonear. Me senté en la cama, evitando mirarme en el espejo que tenía enfrente. Dejé que el teléfono sonara largamente, pero el tío Filippo no contestó. Entonces hurgué en la bolsa de plástico donde había metido la ropa que mi madre tenía en su maleta, saqué la bata de raso color arena y el vestido azul, muy corto. El vestido que había metido descuidadamente en la bolsa estaba todo arrugado. Lo puse sobre la cama y lo planché con las manos. Luego cogí la bata y fui al baño.

Me desvestí y me quité el tampax: la menstruación parecía haber terminado bruscamente. Envolví el tampón en papel higiénico y lo tiré a la papelera. Miré la alfombra de la ducha: tenía repugnantes pelos cortos y negros diseminados por los bordes de la porcelana. Dejé correr mucha agua antes de meterme bajo el chorro. Me di cuenta con satisfacción de que lograba dominar la necesidad de apresurarme. Estaba separada de mí misma: la mujer que quería ser arrojada fuera, con los ojos desorbitados, era observada desapasionadamente por la mujer bajo el agua. Me enjabonaba cuidadosamente y lo hacía de manera que cada gesto perteneciese a un mundo exterior y sin plazos. No seguía a nadie y nadie me seguía. No me esperaban y no esperaba visitas. Mis hermanas se habían ido para siempre. Mi padre se sentaba en su vieja casa delante del caballete y pintaba gitanas. Mi madre, que desde hacía años existía solo como una carga fastidiosa, a veces como una obsesión, había muerto. Mientras me frotaba la cara con fuerza, en especial alrededor de los ojos, me di cuenta, con una ternura inesperada, de que, en cambio, tenía a Amalia bajo la piel, como un líquido caliente que me había sido inyectado quién sabe cuándo.

Me restregué bien el pelo mojado hasta dejarlo casi seco y comprobé en el espejo que no me hubiese quedado rímel entre las pestañas. Vi a mi madre tal como figuraba en su documento de identidad y le sonreí. Luego me puse la bata de raso y, por primera vez en mi vida, a pesar de aquel detestable color arena, tuve la impresión de ser bella. Sentí, al parecer sin motivo, el mismo agradable estupor de cuando encontraba en lugares impensables los regalos que Amalia había ocultado fingiendo que había olvidado por descuido fechas y festividades. Me mantenía en vilo hasta que el regalo aparecía de improviso en rincones de la vida cotidiana que nada tenían que ver con la excepcionalidad del regalo. Al vernos felices era más feliz que nosotras.

Comprendí de pronto que el contenido de la maleta no estaba destinado a ella, sino a mí. La mentira que le había contado a la dependienta de la tienda Vossi era, en efecto, la verdad. También el vestido azul que me esperaba sobre la cama con seguridad era de mi talla. Me di cuenta de golpe, como si fuese la bata que llevaba sobre la piel la que me lo contaba. Metí las manos en los bolsillos, segura de que encontraría una notita de felicitación. Y allí estaba, preparada a propósito para sorprenderme. Abrí el sobre y leí en la grafía elemental de Amalia, con aquellas letras adornadas que ya nadie sabe hacer: «Feliz cumpleaños, Delia. Tu madre». Inmediatamente después me di cuenta de que tenía los dedos levemente sucios de arena. Volví a meter la mano en el bolsillo y descubrí que en el fondo había una leve capa de arena. Mi madre se había puesto aquella bata antes de ahogarse.

18

No me di cuenta de que la puerta se abría. En cambio, oí que alguien la estaba cerrando con llave. Polledro se quitó la chaqueta y la arrojó sobre una silla.

—No me darán una lira —dijo en dialecto.

Lo miré perpleja. No entendía de qué hablaba; tal vez de un préstamo bancario, de dinero a interés, tal vez de una comisión. Parecía un marido cansado que creía poder contarme sus problemas como si yo fuera su mujer. Sin la chaqueta, se le podía ver la camisa tirante en la cintura de los pantalones, el tórax con las tetillas anchas y pesadas. Me dispuse a decirle que saliera de la habitación.

—Y quieren el dinero que me anticiparon —siguió monologando desde el baño, y la voz me llegó a través de la puerta abierta junto con el ruido de la orina en la taza—. Mi padre fue a pedirle dinero a Moffa sin avisarme. A su edad quiere recuperar la antigua pastelería de la calle Gianturco y hacer no sé qué. Contó los embustes de siempre. Y ahora Moffa ya no confía en mí. Dice que no sé mantener a raya al viejo. Me quitarán el negocio.

—¿No íbamos a comer juntos? —pregunté.

Pasó por delante de mí como si no me hubiera oído. Fue a la ventana y bajó la persiana. Quedó solo la débil luz que salía de la puerta abierta del baño.

—Te lo has tomado con demasiada tranquilidad —me reprochó por fin—. Lo que significa que te saltarás la comida; a las cuatro vuelve a abrir la tienda, y no tengo mucho tiempo.

Miré mecánicamente las agujas fosforescentes del reloj: eran las tres menos diez.

—Deja que me vista —dije.

—Estás bien así —contestó—. Pero tendrás que devolvérmelo todo: vestidos, bata y bragas.

Empecé a sentir que me latía el corazón. Soportaba mal su dialecto y la hostilidad que emanaba. Además, ya no le veía la expresión de la cara, lo que me impedía comprender hasta qué punto escenificaba su elemental modelo de virilidad, y hasta qué punto, en cambio, el modelo materializaba intenciones reales de violencia. Veía solo la silueta oscura que se estaba desanudando la corbata.

—Esa ropa es mía —objeté pronunciando con cuidado las palabras—. Me la regaló mi madre para mi cumpleaños.

—Es ropa que sacó mi padre de la tienda. Por eso me la devolverás —contestó con un leve quiebro infantil en la voz.

Descarté la posibilidad de que mintiese. Me imaginé a Caserta eligiendo aquella ropa para mí: colores, talla, modelos... Hice un gesto de repugnancia.

—Me quedo solo el vestido y te dejo todo lo demás —decidí.

En consecuencia, alargué la mano hacia la cama para coger el vestido y escabullirme hacia el baño, pero el gesto cortó el aire con excesiva velocidad y alcanzó la pared con la Virgen de Pompeya y la rama seca de olivo. Debía moverme más lentamente. Impuse al brazo un movimiento contenido para evitar que toda la habitación se animase y cada cosa empezase a desplazarse presa de la ansiedad. Odiaba los momentos en que dominaba el frenesí.

Polledro notó mi vacilación y me aferró la muñeca. No reaccioné, sobre todo queriendo evitar que, para arrancar de raíz un indicio mío de resistencia, me atrajese hacia él con fuerza. Sabía que solo podía dominar la impresión de violencia amenazadora si la velocidad de los movimientos me parecía elegida por mí.

Me besó sin abrazarme, pero seguía apretándome con fuerza la muñeca. Primero apoyó los labios sobre los míos y luego trató de abrírmelos con la lengua. Lo hizo de tal manera que me tranquilicé: sí, solo estaba comportándose como pensaba que debía comportarse un hombre en aquellas circunstancias, pero sin agresividad real y tal vez sin convicción. Probablemente había bajado la persiana para aprovechar la oscuridad, cambiar la mirada a escondidas y relajar los músculos del rostro.

Despegué los labios. Cuarenta años antes me había imaginado con fascinado horror que Antonio niño tenía la misma lengua que Caserta, pero nunca había tenido la prueba. De pequeño, Antonio no se había interesado por los besos; prefería explorarme la entrada de la vagina con los dedos sucios y, mientras tanto, tirarme de la mano hacia sus pantalones cortos. Luego, con el tiempo, había descubierto que la de Caserta era una lengua producto de la fantasía. Ninguno de los besos que me habían dado me había parecido como los que imaginaba para Amalia. También de adulto Antonio me iba confirmando que no estaba a la altura de aquellas fantasías. No me besó con mucha convicción. Apenas se dio cuenta de que aceptaba abrir la boca, me empujó con demasiada impetuosidad la lengua entre los dientes, y enseguida, mientras me seguía apretando la muñeca, pasó mi mano por encima de sus pantalones. Sentí que no debía haber abierto los labios.

—¿Por qué la oscuridad? —le pregunté en voz baja, con la boca contra la suya.

Quería oírlo hablar para estar definitivamente segura de que no pretendía hacerme daño. Pero no me contestó. Jadeó, me besó en una mejilla, me lamió el cuello. Mientras, no dejaba de apretarse fuerte mi mano contra la tela de los pantalones. Lo hacía con insistencia, para que comprendiese que no debía quedarme inerte, con la palma abierta. Le apreté el sexo; entonces me soltó la muñeca y me abrazó con fuerza. Murmuró algo que no comprendí y se inclinó apenas para buscarme los pezones, empujándome hacia atrás el busto, probando el tejido de raso y mojándome la bata con saliva.

Supe entonces que nada nuevo sucedería. Estaba empezando un rito bien conocido al que de joven me había sometido a menudo, esperando que, al cambiar de hombre con frecuencia, mi cuerpo inventase en un momento respuestas adecuadas. Y la respuesta había sido siempre la misma, idéntica a la que en aquel momento se estaba articulando. Polledro me había abierto la bata para chuparme los pechos, y yo empezaba a sentir un placer leve, no localizado, como si se deslizara agua caliente por mi cuerpo aterido. Mientras tanto su mano, procurando no interferir con la mía, que le apretaba el miembro debajo de la tela, me acariciaba el sexo con un ardor excesivo, excitado por haber descubierto que no llevaba bragas. Pero yo no sentía más que aquel placer difuso, agradable y, sin embargo, nada urgente.

Estaba segura desde hacía tiempo de que nunca superaría ese umbral. Solo debía esperar que él eyaculase. Por otra parte, como siempre, no sentía el menor impulso de ayudarlo; más bien me resistía a moverme. Intuía que esperaba que le desabrochase los pantalones, que le sacase el pene, que no me limitase a apretarlo. Sentía que agitaba la pelvis tratando de transmitirme trepidantes instrucciones. No lograba responder. Temía que mi respiración, ya lenta, se detendría del todo. Además, estaba paralizada por una turbación creciente debida a los copiosos líquidos que yo vertía.

Sucedía lo mismo cuando de joven trataba de masturbarme. El

placer se difundía tibiamente, sin crescendo, y la piel muy pronto empezaba a mojarse. Por más que me acariciara, solo lograba que los humores del cuerpo se desbordasen: la boca, en vez de secarse, se llenaba de una saliva que me parecía gélida; el sudor corría por la frente, la nariz, las mejillas; las axilas se convertían en charcos; ni un centímetro de piel quedaba seco; el sexo se volvía tan líquido, que los dedos resbalaban por encima sin sentir fricción, y ya no sabía si de verdad me estaba tocando o solo imaginaba hacerlo. La tensión del organismo no lograba subir; quedaba agotada e insatisfecha.

Polledro, por el momento, no se daba cuenta de todo eso. Me empujó hacia la cama, donde, para evitar que cayésemos encima con la velocidad inducida por su peso, primero me senté con cautela y luego me estiré sumisa. Vi su sombra que se demoraba unos segundos indecisa. Luego se quitó los zapatos, los pantalones, los calzoncillos. Subió a la cama de rodillas y se puso a caballo sobre mí, apoyándose levemente en mi vientre, sin pesarme.

—¿Y bien? —murmuró.

—Ven —le dije, pero permanecí inmóvil.

Gimió, con el busto bien erguido; esperaba que finalmente su sexo, ancho y grueso en la penumbra, mezclase sus deseos con los que atribuía al mío. Como nada sucedió, después de respirar largamente estiró una mano y volvió a hurgarme entre las piernas. Debía de creer que así me induciría finalmente a reaccionar, por pasión, por piedad materna; la modalidad de la reacción no le parecía importante, solo estaba buscando el aliciente para estimularme. Pero mi condescendencia pasiva empezó a desorientarlo. Pensé, como siempre en aquellas circunstancias, que debería haber fingido un frenesí quejumbroso e incontrolado, o rechazarlo. Pero no me animé a hacer ni lo uno ni lo otro; temía que tuviera que salir corriendo a vomitar por las ondas sísmicas que se derivarían de ello. Bastaba esperar. Además, ya no sentía sus dedos; tal vez se había retirado con disgusto, tal vez todavía me estaba tocando y yo había perdido toda la sensibilidad.

Desilusionado, Polledro me agarró la mano y la puso alrededor de su sexo. En aquel momento comprendí que nunca entraría en mi vagina si no estaba convencido de que lo deseaba. Además, me di cuenta de que su erección empezaba a ceder como un neón defectuoso. También él se dio cuenta porque se desplazó hacia delante para encontrarse con el vientre próximo a mi boca. Sentí hacia él una vaga simpatía, como si de verdad fuese el Antonio niño que había conocido; y quería decírselo, pero no me salió la voz; se estaba frotando lentamente contra mis labios y tuve miedo de que un leve e imperceptible movimiento de la boca resultase tan incontrolado como para desgarrarle el sexo.

—¿Por qué fuiste a la tienda? —dijo entonces despechado, deslizándose de nuevo hacia atrás a lo largo de mi cuerpo bañado en sudor—. No fui yo el que te buscó.

—Ni siquiera sabía que estabas allí —le contesté.

—¿Y toda esa historia? El vestido, las bragas... ¿Qué querías?

—No fui a verte —le dije sin agresividad—. Quería encontrar a tu padre. Quería saber qué le había sucedido a mi madre antes de ahogarse.

Me di cuenta de que no lo creía y que de nuevo estaba intentando acariciarme. Negué con la cabeza para hacerle comprender: basta. Se derrumbó encima de mí, pero solo un momento. Se retiró enseguida con un movimiento de repulsión al notarme empapada.

—No estás bien —dijo inseguro.

—Estoy bien. Pero si estuviese enferma sería muy tarde para curarme.

Polledro se tumbó a mi lado resignado. Vi en la penumbra que se secaba con la sábana los dedos, la cara, las piernas; luego encendió la luz de la mesita de noche.

—Pareces un fantasma —me dijo mirándome sin ironía, y, con una parte de la camisa que le había quedado puesta, empezó a secarme la cara.

—No es culpa tuya —lo tranquilicé, y le rogué que volviese a apagar la luz.

No quería que me viera y no quería verlo. Así, desalentado y desolado, se parecía demasiado a Caserta tal como me lo había imaginado o lo había visto de veras cuarenta años antes. La impresión fue tan intensa que hasta pensé en contarle enseguida, en la oscuridad, todo lo que se agolpaba en torno a aquel rostro suyo tan diferente del rostro hinchado y camorrista que me había mostrado durante toda la mañana. Al hablar, quería borrarme, tanto a mí como a él, en aquella cama, tan diferentes de los niños de otra época. Solo teníamos en común la violencia de la que habíamos sido testigos.

Cuando mi padre supo que Amalia y Caserta se veían secretamente en el sótano —pensé contarle muy despacio—, no perdió el tiempo. Primero persiguió a Amalia por el pasillo, luego por las escaleras, luego por la calle. Sentí el olor de los colores al óleo, cuando pasó delante de mí, y me pareció que él mismo tenía muchos colores.

Mi madre escapó por debajo del puente del tren, resbaló en un charco cenagoso, él la alcanzó y ella recibió golpes, bofetadas y una patada en el costado. Una vez que la hubo castigado a gusto, la volvió a llevar a casa sangrando. Apenas ella intentaba hablar, volvía a golpearla. La miré largamente, zurrada, sucia, y ella me miró también largamente, mientras mi padre contaba lo sucedido al tío Filippo. Amalia tenía una mirada atónita: me miraba y no comprendía. Entonces, despechada, me fui a espiar a los otros dos.

Mi padre y el tío Filippo se habían apartado y los podía observar desde la ventana: eran soldaditos de plomo que tomaban graves decisiones en el patio. O militares, de los que se recortan y pegan en los álbumes de cromos, uno al lado del otro para poder cuchichear. Mi padre se había calzado las botas y puesto una sahariana. El tío Filippo llevaba un uniforme verde oliva, o tal vez blanco, o negro. Y no solo eso: llevaba una pistola.

O continuó de paisano, aunque en la penumbra de la habitación 208 una voz todavía decía: «La matará, tiene una pistola». Tal vez eran aquellos sonidos los que me hacían ver a mi padre con botas, al tío Filippo de uniforme, los dos con los brazos colgando del busto y la pistola en la mano derecha. Juntos seguían a Caserta, joven, negro con el abrigo de pelo de camello, subiendo por las escaleras de su casa. Detrás de ellos, a distancia para no ser de nuevo golpeada, o porque estaba cansada y no lograba correr, iba Amalia con su traje chaqueta azul y el sombrero con plumas, diciendo en voz baja, cada vez más sorprendida: «No lo matéis, no ha hecho nada».

Caserta vivía en el último piso, pero la primera vez lo alcanzaron en el segundo. Allí los tres hombres se detuvieron como para un conciliábulo. En efecto, produjeron al unísono un vocerío de insultos en dialecto, una larga lista de palabras que terminaban en consonante, como si la vocal final se precipitara en un abismo y el resto de la palabra se quejara sordamente de disgusto.

Agotada la lista, lanzaron a Caserta escaleras abajo y rodó hasta el primer piso. Se levantó en el fondo de los escalones y volvió a correr hacia arriba: no sé si por ir audazmente al encuentro de los vengadores o por intentar alcanzar su casa y su familia en el cuarto piso. El hecho es que logró pasar y, con una mano que corría ligera por la baranda pero luego se aferraba a ella cuando el cuerpo se doblaba sin que las piernas dejaran de subir los escalones de tres en tres, se había encaminado por la escalera hasta la puerta de su casa, bajo una lluvia de patadas que no le acertaban y de escupitajos que a veces lo golpeaban como meteoros.

Mi padre fue el primero en alcanzarlo, y lo derribó. Le había levantado la cabeza por los pelos y se la golpeó contra la baranda. Los ruidos sordos se habían prolongado en un eco interminable. Finalmente lo dejó desfallecido, ensangrentado en el suelo, sobre todo por consejo de su cuñado, que tal vez tenía la pistola, pero era más sensato. Filippo retenía a mi padre de un brazo y tiraba de él comedidamente; lo hacía porque, de otra manera, mi padre hubiese dejado a Caserta muerto en el suelo. También la mujer de Caserta tiraba de mi padre; estaba colgada de su otro brazo. De Amalia solo había quedado la voz, que decía: «No lo matéis, no ha hecho nada». Antonio, que había sido mi compañero de juegos, lloraba, pero con la cabeza hacia abajo, suspendido en el hueco de la escalera como si volase.

Sentí que Polledro respiraba a mi lado en silencio y tuve piedad del niño que había sido.

—Me voy —le dije.

Me levanté y me puse enseguida el vestido azul para evitar su mirada sobre mi sombra. Sentí que el vestido me caía perfectamente. Entonces busqué en la bolsa de plástico una braga blanca y me la puse haciéndola deslizarse por debajo del vestido. Luego encendí la luz. Polledro tenía una mirada ausente. Lo vi, y ya no pude pensar que había sido Antonio, que se parecía a Caserta. Su cuerpo pesado yacía en la cama, desnudo. Era el de un extraño, sin nexos evidentes con mi vida pasada y presente, si excluía la impronta húmeda que le había dejado a su lado. Pero le agradecí igualmente la dosis mínima de humillación y dolor que me había infligido. Rodeé la cama, me senté en el borde a su lado y lo masturbé. Me dejó hacer con los ojos cerrados. Eyaculó sin un gemido, como si no estuviese sintiendo placer alguno.

19

El mar se había convertido en una pasta violácea. Los sonidos de la marejada y los de la ciudad producían una mezcla furibunda. Crucé la calle esquivando coches y charcos. Más o menos indemne, me detuve a mirar las fachadas de los grandes hoteles alineados junto al flujo feroz de los coches. Todas las aberturas de aquellos edificios estaban despectivamente cerradas contra el ruido del tráfico y el mar.

Fui en autobús hasta la plaza Plebiscito. Después de un peregrinaje por cabinas devastadas y bares con aparatos estropeados, encontré por fin un teléfono y marqué el número del tío Filippo. No tuve respuesta. Caminé por la calle Toledo cuando las tiendas levantaban las persianas metálicas y el flujo de los transeúntes era más intenso. La gente se agrupaba solo en los cruces de las calles, erguidos y negros bajo regueros de cielo oscuro. A la altura de la plaza Dante compré un poco de chocolate, pero lo hice solo para aspirar el olor a licor de la tienda. En efecto, no tenía ganas de nada; iba tan distraída que me olvidaba de llevarme a la boca el chocolate y lo dejaba derretirse entre los dedos. Prestaba poca atención a las miradas insistentes de los hombres.

Hacía calor y en Port' Alba ya no corría el aire ni había luz. En la tienda debajo de la casa de mi madre, me sentí atraída por unas cerezas hinchadas y brillantes. Compré medio kilo, me metí sin ganas en el ascensor y fui a llamar a la puerta de la viuda De Riso.

La mujer me abrió con su acostumbrado talante circunspecto. Le mostré las cerezas, le dije que las había comprado para ella. Abrió mucho los ojos. Sacó la cadena de la puerta y me pidió que entrara, visiblemente contenta por aquel regalo de inesperada sociabilidad.

—No —dije—, venga usted a mi casa. Espero una llamada. —Luego agregué algo sobre los fantasmas: le aseguré que no tenía dudas de que al cabo de unas horas serían menos autónomos—. En poco tiempo empiezan a hacer y a decir solo lo que les ordenan hacer. Si queremos que se callen, al final se callan.

El verbo «callar» impuso a la señora De Riso una especie de contención lingüística. Para aceptar la invitación buscó un italiano a la altura del mío; después cerró con llave la puerta de su casa mientras yo abría la puerta de la de mi madre.

En el piso nos ahogábamos. Me apresuré a abrir las ventanas de par en par y puse las cerezas en un recipiente de plástico. Dejé correr el agua, mientras la anciana, después de una mirada panorámica muy recelosa, fue a sentarse casi mecánicamente a la mesa de la cocina. Para justificarse, me dijo que mi madre siempre le pedía que se sentara allí.

Le puse delante las cerezas. Esperó a que la invitase a servirse y, cuando lo hizo, se llevó una a la boca con un gesto infantil que me gustó: la agarró por el rabillo y la abandonó en la boca, dando vueltas al fruto entre la lengua y el paladar sin morderlo, con el rabillo verde bailando a lo largo de los labios pálidos; luego agarró de nuevo el rabillo con los dedos y lo separó con un ligero plop.

—Qué buena —dijo y, más relajada, empezó a halagar el vestido que yo llevaba. Después subrayó—: Ya le había dicho que este azul te quedaría mejor que el otro.

Me miré el vestido y luego a ella para estar segura de que hablaba precisamente de aquel. No tenía duda, continuó: me quedaba muy bien. Cuando Amalia le mostró los regalos para mi cumpleaños, ella enseguida se dio cuenta de que aquel vestido era adecuado para mí. También mi madre parecía convencida. La viuda De Riso me contó que estaba muy eufórica. Allí en la cocina, delante de aquella misma mesa, apoyaba unas veces la lencería, otras los vestidos, y repetía: «Le quedarán bien». Estaba muy satisfecha de cómo había obtenido aquella ropa.

—¿Cómo? —pregunté.

—Por su amigo —dijo la viuda De Riso.

Le había propuesto un intercambio: quería toda la lencería vieja a cambio de aquellas cosas nuevas. El cambio no le costaba casi nada. Era propietario de una tienda de gran lujo en el Vomero. Amalia, que lo conocía desde joven y sabía que estaba dotado para los negocios, sospechaba que a partir de aquellas viejas bragas y aquella ropa interior remendada tal vez creara una nueva moda. Pero la viuda De Riso sabía bastante del mundo. Le había dicho que, de buen aspecto o no, viejo o joven, rico o pobre, con los hombres convenía estar siempre alerta. Mi madre estaba demasiado contenta para escucharla.

Al percibir el tono intencionadamente equívoco de la señora De Riso, me dieron ganas de reír, pero me contuve. Vi a Caserta y a Amalia que, partiendo de los trapos más antiguos de ella, proyectaban juntos en aquella casa, noche tras noche, un relanzamiento de la ropa íntima para señora de los años cincuenta. Me inventé un Caserta persuasivo, una Amalia sugestionada, viejos y solos, los dos sin una lira, en aquella cocina escuálida, a pocos metros del oído receptivo de la viuda, igualmente vieja, igualmente sola. La escena me pareció plausible. Pero dije:

—Tal vez no era un verdadero cambio. Tal vez su amigo quería hacerle un favor y listo. ¿No le parece?

La viuda comió otra cereza. No sabía dónde poner los huesos; los escupía en la palma de la mano y los dejaba allí.

—Puede ser —admitió, pero poco convencida—. Él era un hombre de muy buen aspecto. Venía casi todas las noches y a veces iban a cenar fuera, otras veces al cine o a pasear. Cuando los oía en el rellano, él charlaba sin parar y tu madre siempre reía.

—No tiene nada de malo. Es hermoso reír.

La vieja vaciló, masticando las cerezas.

—Tu padre me hizo sospechar —dijo.

—¿Mi padre?

Mi padre. Rechacé la impresión de que estuviese allí, en la cocina, quién sabe desde cuándo. De Riso me explicó que había ido a escondidas a pedirle que le avisase si veía que Amalia hacía cosas imprudentes. No era la primera vez que aparecía de improviso con peticiones de aquel tipo. Pero en aquella ocasión había sido particularmente insistente.

Me pregunté cuál era, para mi padre, la diferencia entre lo que era imprudente y lo que no lo era. La viuda De Riso pareció darse cuenta y a su manera trató de explicármelo. Imprudente era exponerse a los riesgos de la existencia con ligereza. Mi padre se preocupaba por su mujer, aunque estaban separados desde hacía veintitrés años. El pobre hombre seguía queriéndola. Había estado tan amable, tan... La señora De Riso buscó con cuidado la palabra adecuada. Dijo: «desolado».

Lo sabía. Como de costumbre, había tratado de hacer un buen papel con la viuda. Había estado afectuoso, se había mostrado preocupado. Pero en realidad —pensé— no había una barrera urbana entre ellos que pudiera impedirle escuchar el eco de la risa de Amalia. Mi padre no soportaba que riese. Consideraba las carcajadas de ella de una sonoridad de circunstancias, visiblemente falsa. Cada vez que había algún extraño en casa (por ejemplo, las figuras que aparecían de vez en cuando para encargarle niños, gitanas o Vesubios con pinos), le recomendaba: «No te rías». Aquella risa le parecía azúcar esparcido a propósito para humillarlo. En realidad Amalia solo trataba de dar sonido a las mujeres de aspecto feliz fotografiadas o dibujadas en los anuncios o en las revistas de los años cuarenta: boca ancha pintada, todos los dientes brillantes, mirada vivaz. Así se imaginaba que era, y mostraba la risa adecuada. Debía de resultarle difícil elegir la risa, las voces, los gestos que su marido pudiese tolerar. Nunca se sabía qué estaba bien y qué no. Alguien que pasa por la calle y te mira. Una frase dicha en broma. Una aprobación irreflexiva. He aquí que llamaban a la puerta. He aquí que le entregaban las rosas. He aquí que ella no las rechazaba, sino que se reía y elegía un florero de cristal azul, y las extendía en el recipiente colmado de agua. En la época en que periódicamente habían llegado aquellos regalos, misteriosos, aquellos homenajes anónimos (pero todos sabíamos que eran de Caserta: Amalia lo sabía), ella era joven y parecía jugar consigo misma, sin malicia. Se dejaba un rizo sobre la frente, agitaba los párpados, daba propinas a los dependientes, permitía que esos regalos permaneciesen un poco en nuestra casa como si su permanencia fuera lícita. Luego mi padre se daba cuenta y lo destruía todo. También trataba de destruirla a ella, aunque lograba detenerse siempre a un paso de la ruina. Pero la sangre testimoniaba la intención. Mientras la señora De Riso me hablaba, yo recordaba la sangre. En el fregadero. Goteaba de la nariz de Amalia con un goteo tupido, y primero era rojo, luego se desteñía en contacto con el agua del grifo. También la tenía a lo largo del brazo hasta el codo. Trataba de taponarla con una mano, pero también corría desde la palma y dejaba estelas rojas como arañazos. No era sangre inocente. A mi padre todo lo de Amalia nunca le pareció inocente. Él, tan furibundo, tan rencoroso y a la vez tan deseoso de gustar, tan pendenciero y tan narcisista, no podía aceptar que ella mantuviera con el mundo una relación amistosa, a veces tan alegre. En esto reconocía enseguida la huella de la traición. No solo la traición sexual; entonces ya no creía que debiera temer solo ser traicionado en el sexo. Yo creía, en cambio, que sobre todo temía el abandono, el paso al campo enemigo, la aceptación de las razones, del léxico, del gusto de gente como Caserta: traficantes infieles, carentes de reglas, seductores obscenos a los que debía plegarse por necesidad. Trataba entonces de imponerle una urbanidad adecuada para manifestar distancia, cuando no aversión. Pero pronto explotaba en insultos. Según él, Amalia tenía el timbre de voz fácilmente persuasivo; el gesto de la mano demasiado blandamente lánguido; la mirada viva hasta el desparpajo. Sobre todo, lograba gustar sin esfuerzo y sin la intención de gustar. Le sucedía, aunque no lo quisiese. ¡Oh, sí!: por ser agradable él la castigaba con bofetadas y golpes. Interpretaba los gestos de ella, sus miradas, como señales de tratos oscuros, de citas secretas, de entendimientos insinuados solo para marginarlo. Me resultaba difícil quitármelo de la cabeza, tan doliente, tan violento. La fuerza. Me petrificaba. La imagen de mi padre que destrozaba rosas, deshojando pétalos, gritaba y gritaba desde hacía décadas dentro de mi cabeza. En aquel momento le quemaba el vestido nuevo que ella no había rechazado, que se había puesto en secreto. No podía soportar el olor de la tela quemada. Aunque había abierto de par en par la ventana.

—¿Volvió y le pegó? —pregunté.

La mujer admitió de mala gana:

—Apareció aquí una mañana temprano, no más tarde de las seis, y amenazó con matarla. Le dijo cosas verdaderamente feas.

—¿Cuándo sucedió?

—A mediados de mayo, una semana antes de que tu madre se fuese.

—¿Y Amalia ya había recibido los vestidos y la lencería nueva?

—Sí.

—¿Y estaba contenta?

—Sí.

—¿Cómo reaccionó?

—Como reaccionaba siempre. Se olvidó en cuanto él se fue. Lo vi salir: blanco como un pescado enharinado. Ella, en cambio, nada. Dijo: es así; ni la vejez lo ha cambiado. Pero yo comprendí que no todo estaba claro. Hasta que se fue, incluso en el tren, le repetí: Amalia, ten cuidado. Nada. Parecía tranquila. Pero por la calle le costaba mantener el paso normal. Iba lentamente a propósito. En el compartimiento se puso a reír sin motivo y comenzó a abanicarse con la falda.

—¿Qué tenía de extraño? —le pregunté.

—No se hace —respondió la viuda.

Tomé dos cerezas con los rabillos unidos y me las colgué en el índice extendido, haciéndolas oscilar de derecha a izquierda. Probablemente en el curso de su existencia Amalia había renunciado a hacer muchas cosas que, como todo ser humano, habría podido hacer, legítima e ilegítimamente. Pero tal vez solo había fingido no hacerlas. O tal vez había aparentado que fingía para que mi padre pudiese pensar en todo momento que no podía confiar en ella y sufriera por eso. Tal vez aquel había sido su modo de reaccionar. Pero no había tenido en cuenta lo que pensaríamos nosotras, sus hijas, para siempre, sobre todo yo. No lograba reinventármela ingenua. Ni siquiera en aquel momento. Era posible que Caserta, al buscar su compañía, persiguiese solo un retazo de su juventud. Pero estaba segura de que Amalia jugaba todavía consigo misma a abrirle la puerta con malicia de jovencita, dejando caer un rizo sobre la ceja y agitando los párpados. Era posible que con aquella historia de hombre de negocios rico en ideas el viejo solo le hubiese querido expresar de manera discreta su fetichismo. Pero ella no se echó atrás. Se había reído conscientemente de aquel trueque y había secundado las pulsiones seniles de ambos utilizándome a mí y a mi cumpleaños. No, sí. Me di cuenta de que estaba exhumando una mujer sin prudencia y sin la virtud del espanto. Tenía su recuerdo. Aunque mi padre levantaba los puños y la golpeaba para modelarla como una piedra o un leño, a ella no se le dilataban las pupilas por el miedo, sino por el estupor. Debía de haber abierto los ojos del mismo modo cuando Caserta le había propuesto el cambio. Con divertido estupor. Me asombré también yo, como delante de una escenificación de la violencia, un juego de dos hecho de convenciones: el espantapájaros que no espanta, la víctima que no es aniquilada. Me vino a la mente que Amalia debía de haber pensado desde niña en las manos como en guantes, primero formas de papel y luego de piel. Los había cosido y cosido. Luego pasó a reducir viudas de generales, mujeres de dentistas, hermanas de magistrados a las medidas del busto y de las caderas. Esas medidas, tomadas abrazando discretamente con la cinta amarilla de modista cuerpos femeninos de todas las edades, se convertían en patrones de papel que, aplicados a la tela con alfileres, dibujaban en el tejido sombras de senos y de caderas. Cortaba la tela atenta, en tensión, siguiendo el recorrido impuesto por los modelos. Durante todos los días de su vida había reducido la incomodidad de los cuerpos a papel y tejidos, y tal vez eso se había convertido en una costumbre en ella, desde la cual repensaba la desmesura según la mesura. Nunca se me había ocurrido y ahora que se me ocurría no podía preguntarle si de veras había sido así. Todo se había perdido. Pero delante de la señora De Riso, que comía cerezas, me parecía que era una especie de conclusión irónica aquel juego final hecho de telas entre ella y Caserta, aquella reducción de su historia subterránea a un intercambio convencional de indumentaria vieja por indumentaria nueva. Cambié bruscamente de humor. De pronto me sentí contenta de creer que la suya había sido una ligereza meditada. Me gustó inesperadamente, con sorpresa, aquella mujer que de alguna manera se había inventado hasta el final su historia jugando por su cuenta con telas vacías. Me imaginé que no había muerto insatisfecha, y suspiré con una satisfacción inesperada. Me puse en una oreja las cerezas con las que había jugueteado hasta aquel momento, y reí.

—¿Cómo estoy? —le pregunté a la vieja, que mientras tanto había amontonado en la palma de la mano por lo menos diez huesos.

Hizo una mueca imprecisa.

—Bien —dijo poco convencida de aquella rareza mía.

—Lo sé —afirmé complacida. Y elegí otras dos cerezas con los rabillos unidos. Me las coloqué en la otra oreja; luego cambié de idea y se las alargué a la viuda De Riso.

—No —se defendió echándose hacia atrás.

Me alcé, me puse detrás de ella y, mientras negaba con la cabeza riendo congestionada, le liberé la oreja derecha de los cabellos grises y le apoyé las cerezas en el pabellón. Luego retrocedí para contemplar el espectáculo.

—Bellísima —exclamé.

—¡Qué va! —murmuró la viuda, turbada.

Elegí otro par de cerezas y volví detrás de ella para adornarle la otra oreja. Después la abracé, cruzándole los brazos sobre el pecho grande y apretando con fuerza.

—Mamita —le dije—, fuiste tú la que se lo contó todo a mi padre, ¿verdad?

Luego le besé el cuello arrugado, que se le congestionaba rápidamente. Se agitó entre mis brazos, no sé si por incomodidad o para liberarse. Lo negaba, decía que nunca habría hecho algo así, ¿cómo se me ocurría?

Lo ha hecho, pensé; ha hecho de espía para oírlo gritar, golpear puertas, romper platos, gozando temerosa dentro de la madriguera de su piso.

Sonó el teléfono. La volví a besar, con fuerza, en la cabeza gris, antes de ir a contestar; era ya la tercera llamada.

—¿Diga? —dije.

Silencio.

—¿Diga? —repetí con calma mientras observaba a la señora De Riso, que me miraba con incertidumbre mientras se levantaba trabajosamente de la silla.

Colgué.

—Quédese un poco más —la invité, volviendo al «usted»—. ¿Quiere darme los huesos? Coma más cerezas. Solo una más. O lléveselas.

Sentí que no lograba adoptar un tono tranquilizador. La anciana estaba de pie y se encaminaba hacia la puerta, con las cerezas colgando de las orejas.

—¿Está enfadada conmigo? —le pregunté conciliadora.

Me miró estupefacta. De pronto debió de pensar en algo que la detuvo a mitad de camino.

—Ese vestido —me dijo perpleja—, ¿cómo es que lo tienes? No deberías. Estaba en la maleta junto con la otra ropa. Y la maleta no se ha encontrado. ¿Dé dónde lo has sacado? ¿Quién te lo ha dado?

Mientras hablaba, me di cuenta de que las pupilas pasaban rápidamente del estupor al miedo. Aquello no me satisfizo; no tenía intención de espantarla, no me gustaba dar miedo. Me estiré el vestido con la palma de las manos como para alargármelo y sentí disgusto al notarme ceñida por aquel vestido corto, entallado, demasiado elegante, inadecuado para mi edad.

—Es solo tela sin memoria —murmuré.

Quería decir que no podía hacernos daño ni a mí ni a ella. Pero la viuda De Riso dijo sibilante:

—Es un asunto sucio.

Le abrí la puerta y la cerré presurosa a sus espaldas. En aquel momento volvió a sonar el teléfono.

20

Dejé que el aparato sonase dos o tres veces. Luego levanté el auricular: zumbidos, voces lejanas, ruidos indescifrables. Repetí «¿Diga?» sin esperanza, solo para que Caserta oyera que estaba, que no estaba asustada. Finalmente colgué. Me senté a la mesa de la cocina, me quité las cerezas de la oreja y me las comí. Ya sabía que todas las llamadas que siguieran tendrían una pura función de reclamo, una especie de silbido como el que los hombres usaban en otra época para avisar desde la calle que estaban volviendo a casa y que las mujeres podían echar la pasta.

Controlé el reloj: eran las seis y diez. Para evitar que Caserta me obligase de nuevo a escuchar su silencio, descolgué el auricular y marqué el número del tío Filippo. Lo hice dispuesta a oír el largo sonido de la línea libre. En cambio Filippo me contestó sin pasión, casi fastidiado por el hecho de que fuese yo. Dijo que acababa de llegar, que estaba cansado y resfriado, que quería meterse en la cama. Tosió artificialmente. Aludió a Caserta solo por mi pregunta, molesto. Dijo que habían hablado largamente, pero sin discutir. De pronto se habían dado cuenta de que ya no había motivo. Amalia estaba muerta, la vida había pasado.

Calló un momento para dejarme hablar; esperaba una reacción de mi parte. No la hubo. Entonces empezó a farfullar sobre la vejez, sobre la soledad. Me dijo que su hijo había echado de casa a Caserta y que lo había abandonado a sus propios medios, así, sin un techo, peor que un perro. El muchacho primero le había robado todo el dinero que había guardado, y luego lo había echado. Su única suerte había sido la amabilidad de Amalia. Caserta le había confiado que se habían vuelto a ver después de tantos años; ella lo había ayudado, se habían hecho un poco de compañía, pero con discreción, con recíproca cortesía. En aquel momento vivía como un vagabundo, un poco aquí, un poco allá. Eran cosas que no se merecía ni siquiera alguien como él.

—Un buen hombre —comenté.

Filippo se volvió aún más frío.

—Hay un momento en el que es necesario hacer las paces con el prójimo.

—¿Y la muchacha del funicular? —pregunté.

Mi tío quedó confundido.

—A veces sucede —dijo. Yo todavía no lo sabía, pero también experimentaría que la vejez es un animal horrendo y feroz. Luego agregó—: Hay porquerías peores que esa. —Finalmente continuó con un rencor que ya no dominaba—: Entre él y Amalia nunca hubo nada.

—Tal vez sea verdad —admití.

—Entonces, ¿por qué contaste todo aquello? —dijo alzando la voz.

—¿Por qué me creíste? —rebatí.

—Tenías cinco años.

—Es verdad.

Mi tío Filippo sorbió.

—Vete. Olvídalo —murmuró.

—Cuídate —le aconsejé, y colgué.

Miré el teléfono durante unos segundos. Sabía que sonaría: desde alguna parte Caserta estaba esperando que la línea quedara libre. El primer sonido no tardó en hacerse oír. Me decidí y salí deprisa, sin cerrar con llave la puerta de casa.

Ya no había nubes ni viento. Una luz blancuzca quitaba espesor a la archicofradía de Santa María de las Gracias, minúscula entre las fachadas transparentes de los edificios vulgares, cargados de leyendas publicitarias. Me dirigí hacia los taxis; luego cambié de idea y entré en el edificio amarillento del metro. La multitud crujía a mi lado como si fuese papel recortado a propósito para divertir a los niños. Las obscenidades en dialecto —las únicas obscenidades que lograban hacer encajar en mi mente sonidos y sentido de manera que materializaran un sexo molesto por su realismo agresivo, vividor y viscoso: cualquier otra fórmula fuera de ese dialecto me parecía insignificante, a menudo agradable, y que podía decirse sin repulsión— suavizaron sus sonidos de manera inesperada, y se convirtieron en una especie de frufrú de papel extrafuerte contra el rodillo de una vieja máquina de escribir. Mientras me abismaba en el metro de la plaza Cavour, traspasada por un viento caliente que ondulaba los tabiques metálicos y mezclaba el rojo y el azul de la escalera mecánica, me imaginé que era una figura de los naipes napolitanos: el ocho de espadas, la mujer tranquila y armada que avanza de pie, lista para entrar en juego en una partida de brisca. Apreté los labios entre los dientes hasta que no sentí dolor.

A lo largo de todo el recorrido miré continuamente a mi espalda. No logré ver a Caserta. Para controlar mejor las áreas semivacías del camino entre los dos agujeros negros del túnel, me confundí con el grupo más numeroso de los pasajeros que esperaban. El tren llegó abarrotado, pero se vació poco después, en la penumbra del neón de la estación de la plaza Garibaldi. Bajé al final del recorrido y, después de unos pocos escalones, me encontré al lado de la vieja Manufactura de Tabacos, en los límites del barrio en el que había crecido.

El aire campesino que había tenido, con aquellos edificios blancuzcos de cuatro plantas construidos en medio de la campiña polvorienta, se había transformado a través de los años en el de una periferia ictérica hundida por los rascacielos, estrangulada por el tráfico y por las serpientes de trenes que bordeaban las casas disminuyendo la marcha. Doblé de inmediato a la izquierda, hacia un paso subterráneo de tres túneles, de los que el central estaba bloqueado por las obras de reestructuración. Recordaba un único e interminable pasaje, desierto y continuamente sacudido por los trenes en maniobras que pasaban por encima de mi cabeza. En cambio no di más de cien pasos en una penumbra hedionda de orina, lentamente, apretada entre una pared de la que chorreaban anchas babas de humedad y un pretil polvoriento que me protegía de la densa fila de automóviles.

El pasaje estaba allí desde que Amalia tenía dieciséis años. Ella debía de recorrer aquellos túneles frescos y umbríos cuando iba a entregar los guantes. Siempre me había imaginado que los llevaba al lugar que estaba dejando a mi espalda, a una vieja fábrica con tejado de tejas que ahora tenía el cartel de Peugeot. Pero seguramente no era así. Por otra parte, ¿qué era así? Ya no existía ni un gesto ni un paso que, habiendo permanecido entre las piedras y la sombra, las mismas de entonces, pudiese ayudarme. En el pasaje, a Amalia la habían seguido holgazanes, vendedores ambulantes, ferroviarios, albañiles que comían hogazas rellenas de brécoles y salchichas o bebían vino de garrafas. Contaba, cuando le apetecía contarlo, que la perseguían pegados a ella, a menudo respirándole en la oreja. Trataban de rozarle el pelo, un hombro, un brazo. Alguno trataba de agarrarle una mano mientras le decía obscenidades en dialecto. Ella mantenía la mirada baja y apresuraba el paso. A veces estallaba en carcajadas porque ya no podía contenerse. Después empezaba a correr más deprisa que el perseguidor. ¡Cómo corría!: parecía que jugaba. Corría en mi cabeza. ¿Era posible que yo estuviese pasando por allí llevándola dentro de mi cuerpo envejecido tan inadecuadamente vestido? ¿Era posible que su cuerpo de dieciséis años, con un vestido de flores hecho en casa, pasase por la penumbra sirviéndose del mío, atento a esquivar ágilmente los charcos, corriendo hacia el arco de luz amarilla que contenía el anacronismo de un surtidor de gasolina Mobil?

Tal vez, finalmente, de aquellos dos días sin tregua solo importaba el trasplante del relato de una cabeza a la otra, como un órgano sano que mi madre me hubiese cedido por afecto. También mi padre la había husmeado por aquel trecho de la calle, con poco más de veinte años. Amalia contaba que, al notar que la seguía, se había espantado. No era como los otros, que le hablaban de ella tratando de halagarla. Le habló de sí mismo; se jactó de las cosas extraordinarias de las que era capaz; dijo que quería hacerle un retrato, tal vez para demostrarle lo bella que era ella y lo hábil que era él. Aludió a los colores con los que la veía. ¡Cuántas palabras que se fueron quién sabe dónde! Mi madre, que nunca miraba a la cara a ninguno de los que la molestaban y mientras le hablaban no dejaba de reír, nos decía que lo había mirado de soslayo una sola vez, y enseguida había comprendido. Nosotras, las hijas, no lo comprendíamos. No comprendíamos por qué le había gustado. En efecto, nuestro padre no parecía excepcional, arruinado como estaba, gordo, calvo, mal lavado, con los pantalones caídos embadurnados de colores, siempre rabioso por las miserias de cada día, por el dinero que ganaba y Amalia —gritaba— tiraba por la ventana. Sin embargo, precisamente a aquel hombre sin oficio nuestra madre le había dicho que fuera a su casa si quería hablarle; ella no hacía el amor a escondidas; no lo había hecho con nadie. Y mientras pronunciaba «hacer el amor», yo escuchaba con la boca abierta; tanto me gustaba la historia de aquel momento, sin continuidad, bloqueada en aquel punto antes de que continuase ajándose. Conservaba de ella sonidos e imágenes. Tal vez entonces estaba en aquel pasadizo para que los sonidos y las imágenes cuajaran de nuevo entre las piedras y la sombra, y de nuevo mi madre, antes de que se convirtiese en mi madre, fuese acosada por el hombre con el que habría hecho el amor, que la habría cubierto con su apellido, que la habría borrado con su alfabeto.

Caminé más rápido, después de asegurarme una vez más de que Caserta no me seguía. El barrio, a pesar de la desaparición de una serie de detalles (en el estanque verde podrido cerca del que iba a jugar había aparecido un edificio de ocho plantas), todavía me pareció reconocible. Los niños chillaban por las calles rotas como en otra época cada vez que empezaba el verano. Se oían los mismos gritos dialectales en las casas de ventanas abiertas de par en par. La disposición de los edificios respetaba la misma geometría sin imaginación. Hasta alguna pobre empresa comercial de hacía décadas había sobrevivido en el tiempo; por ejemplo, la tienda hundida en la tierra donde había ido a comprar jabón y lejía para mi madre, todavía abría su puertecita en el mismo edificio desconchado de hacía tantos años. Ahora exponía en el umbral escobas de todo tipo, recipientes de plástico y envases de detergente. Me asomé un momento solamente creyendo reencontrar en aquel lugar la amplia cavidad de mi memoria. En cambio, se me cerró encima como un paraguas roto.

La casa en la que vivía mi padre distaba pocos metros. Yo había nacido en aquella casa. Crucé la verja y me moví con seguridad entre los edificios bajos y pobres. Entré en un portal polvoriento, con las baldosas del vestíbulo destartaladas, sin ascensor, los escalones con el mármol resquebrajado y amarillento. El piso estaba en la segunda planta, y no entraba en él desde hacía por lo menos diez años. Mientras subía traté de volver a dibujar el plano de manera que el impacto con aquel espacio no me perturbase demasiado. La casa tenía dos habitaciones y una cocina. La puerta se abría a un pasillo sin ventanas. En el fondo a la izquierda estaba el comedor, irregular, con un aparador para una plata que nunca habíamos tenido, una mesa gastada para alguna comida festiva y una cama de matrimonio donde dormíamos mis hermanas y yo después de las peleas de cada noche para establecer cuál de las tres tenía que sacrificarse y acomodarse en el centro. Junto a la habitación estaba el retrete, largo, con una ventana estrecha, con una sola taza y un bidet movible de metal esmaltado. Después venía la cocina; el fregadero donde por la mañana nos lavábamos por turnos, una cocina de mayólica blanca rápidamente caída en desuso, una alacena llena de ollas de cobre que Amalia pulía con cuidado. Finalmente estaba el dormitorio de mis padres y, al lado, un trastero sin luz, sofocante, atestado de objetos inútiles.

En el cuarto de mis padres estaba prohibido entrar; el espacio era reducidísimo. Frente a la cama de matrimonio se encontraba un armario con espejo en la puerta del centro. En la pared de la derecha había un tocador con espejo rectangular. En la parte opuesta, entre la cama y la ventana, mi padre había colocado el caballete, un objeto macizo, alto, con patas gruesas, agujereado por la carcoma, del que colgaban trapos sucios para limpiar los pinceles. A pocos centímetros del borde de la cama había una caja donde se amontonaban en desorden los tubos de colores: el del blanco era el más grande y el más identificable, aunque estaba estrujado y enroscado hasta el borde; pero también destacaban otros tubos, ya fuera por el nombre de príncipe de fábula, como el azul de Prusia, o por el aura de incendio devastador, como la tierra de Siena quemada. La tapa de la caja era una hoja de madera terciada, movible, sobre la que había una jarra con los pinceles, otra con aguarrás, y un golfo de colores que los pinceles mezclaban en un mar variopinto. En aquel lugar las baldosas octogonales del suelo habían desaparecido bajo una costra gris goteada durante años por los pinceles. Alrededor había rollos de tela ya preparados que le proporcionaban a mi padre quienes le daban trabajo; los mismos que luego, después de haberle pagado algunas liras, pensaban traspasar el producto terminado a los revendedores ambulantes, los que ofrecían sus mercancías en las aceras de la ciudad, en los mercadillos de barrio, en las ferias de pueblo. La casa estaba impregnada del olor de los colores al óleo y de la trementina, pero ninguno de nosotros estaba ya en condiciones de darse cuenta. Amalia había dormido con mi padre durante casi dos décadas sin quejarse.

En cambio, se quejó cuando él dejó de hacer retratos de mujeres para los marineros norteamericanos o vistas del golfo, y empezó a trabajar en la gitana semidesnuda que bailaba. Yo conservaba un recuerdo confuso de aquel período, inducido más por los relatos de Amalia que por experiencias directas; no tenía más de cuatro años. Las paredes del dormitorio se abarrotaron de mujeres exóticas de colores vivos, que se alternaban con bocetos de desnudos trabajados con pastel sanguino. A menudo las posturas de la gitana estaban mal copiadas de algunas fotos de mujeres que mi padre escondía en una caja dentro del armario y que yo ojeaba a escondidas. Otras veces ciertos bosquejos al óleo tomaban la forma de desnudos en sanguina.

No dudaba de que los esbozos al pastel reproducían el cuerpo de mi madre. Me imaginaba que por la noche, cuando cerraban la puerta de su dormitorio, Amalia se quitaba la ropa y asumía las posturas de las mujeres que estaban desnudas en las fotografías del armario y decía: «Dibuja». Él agarraba un rollo de papel amarillento, cortaba un pedazo y dibujaba. Lo que se le daba mejor eran los cabellos. Dejaba a aquellas mujeres sin rostro, pero alrededor del óvalo vacío delineaba con eficacia una construcción majestuosa, inequívocamente similar al hermoso peinado que Amalia sabía realizar con sus largos cabellos. Me agitaba en la cama sin lograr dormir.

Cuando nuestro padre terminó la gitana, yo estuve segura y Amalia también: la gitana era ella. Menos bella, desproporcionada, con colores chapuceros, pero ella. Caserta la vio y dijo que no estaba bien, que nunca se vendería. Parecía contrariado. Intervino Amalia, dijo que estaba de acuerdo. Empezó una discusión. Ella y Caserta se aliaron contra mi padre. Oía sus voces que corrían por la escalera. Cuando Caserta se fue, mi padre, sin previo aviso, golpeó a Amalia dos veces en el rostro con la mano derecha, primero con la palma y luego con el dorso. Recordaba aquel gesto con precisión, con su movimiento y su onda que primero va y luego viene; era la primera vez que se lo veía hacer. Ella escapó al final del pasillo, a la despensa, y trató de encerrarse allí. La sacó a patadas. Una la alcanzó en el costado y la lanzó contra el armario del dormitorio. Amalia se volvió a poner en pie y arrancó todos los dibujos de las paredes. Él la alcanzó, la agarró por el pelo y le golpeó la cabeza contra el espejo del armario, que se hizo pedazos.

La gitana gustó mucho, sobre todo en las ferias de provincia. Habían pasado cuarenta años y mi padre seguía haciéndola. Con el tiempo se había vuelto muy rápido. Fijaba la tela blanca en el caballete y esbozaba los contornos con mano experta. Luego el cuerpo se volvía de bronce con destellos rojizos. El vientre se arqueaba, los pechos se hinchaban, los pezones se alzaban. Mientras tanto aparecían ojos brillantes, labios rojos, cabellos azabache en gran cantidad y peinados a la manera de Amalia, que con el tiempo se había vuelto anticuado pero sugestivo. En pocas horas la tela estaba terminada, él sacaba las chinchetas que la sostenían, la colocaba en una pared para que se secara y ponía en el caballete una nueva, blanca. Luego volvía a empezar.

Durante la adolescencia veía aquellas figuras de mujer salir de casa en manos de extraños que a menudo no ahorraban duros comentarios en dialecto. No lo comprendía y tal vez no había nada que comprender. ¿Cómo era posible que mi padre entregase, con formas audaces y seductoras, a hombres vulgares, aquel cuerpo que si era necesario defendía con rabia asesina? ¿Cómo le imponía posturas desvergonzadas cuando por una sonrisa o una mirada inmodesta estaba dispuesto a golpear brutalmente, sin piedad? ¿Por qué lo abandonaba por las calles o en casas extrañas en decenas y centenares de copias, cuando era tan celoso del original? Yo miraba a Amalia inclinada sobre su máquina de coser hasta muy tarde por la noche. Creía que, mientras trabajaba así, muda y afanosa, también ella se hacía aquellas preguntas.

21

La puerta del piso estaba entornada. Me sentí vacilar y por eso entré con tal decisión que la hoja chocó contra la pared con estrépito. No hubo reacción. Solo me invadió un olor intenso a pintura y humo. Entré en el dormitorio con la sensación de que el resto del piso había sido destruido por los años. En cambio, estaba segura de que en aquella habitación todo seguía sin modificaciones: la cama de matrimonio, el armario, el tocador con el espejo rectangular, el caballete al lado de la ventana, las telas enrolladas por todos los rincones, las marejadas, las gitanas y los idilios campestres. Mi padre estaba de espaldas, gordo e inclinado, en camiseta. El cráneo puntiagudo y calvo, salpicado de manchas oscuras. La nuca cubierta por la melena blanca.

Me desplacé levemente hacia la derecha para ver con la luz justa la tela en que estaba trabajando. Pintaba con la boca abierta, las gafas de la presbicia en la punta de la nariz. En la mano derecha sostenía el pincel que, después de leves toques en los colores, se movía seguro sobre la tela; entre el índice y el corazón de la izquierda sostenía un cigarrillo encendido, la mitad ya ceniza próxima a caer al suelo. Después de algunas pinceladas retrocedía y se quedaba inmóvil durante largos segundos; luego emitía una especie de «¡ah!», un leve sobresalto sonoro, y volvía a empastar colores aspirando el cigarrillo. El cuadro no estaba adelantado: el golfo languidecía en una mancha azul; el Vesubio, bajo un cielo rojo fuego, estaba más trabajado.

—El mar no puede ser azul si el cielo es rojo fuego —dije.

Mi padre se volvió y me miró por encima de las gafas.

—¿Quién eres? —preguntó en dialecto, con expresión y tono hostiles.

Tenía grandes bolsas lívidas bajo los ojos. Era difícil unir el recuerdo más reciente que tenía de él con aquel rostro amarillento, hinchado por humores no digeridos.

—Delia —dije.

Apoyó el pincel en una de las jarras. Se levantó de la silla con un largo lamento gutural y se volvió hacia mí con las piernas abiertas, el busto inclinado, frotándose las manos sucias de pintura en los pantalones caídos. Me miró con creciente perplejidad. Luego dijo, sinceramente asombrado:

—Te has vuelto vieja.

Me di cuenta de que no sabía si abrazarme, besarme, invitarme a que me sentara o ponerse a chillar y echarme de su casa. Estaba sorprendido, pero no agradablemente; me sentía una presencia fuera de lugar, tal vez ni siquiera era cierto que fuese su hija mayor. Las pocas veces que nos habíamos visto, después de la separación de Amalia, habíamos discutido. En su cabeza su hija debía de estar envuelta en una adolescencia petrificada, muda y ordenada.

—Me voy enseguida —lo tranquilicé—. He venido solo para saber de mi madre.

—Está muerta —dijo—. Estaba pensando que murió antes que yo.

—Se mató —hablé con claridad, pero sin énfasis.

Mi padre hizo una mueca, y me di cuenta de que le faltaban los incisivos superiores. Los de abajo se habían vuelto largos y amarillos.

—Fue a nadar a Spaccavento —susurró—, de noche, como una muchachita.

—¿Por qué no fuiste al entierro?

—Cuando uno está muerto, está muerto.

—Debiste ir.

—¿Irás al mío?

Lo pensé un momento y contesté:

—No.

Las grandes bolsas bajo los ojos se pusieron moradas.

—No lo verás, porque moriré después de ti —farfulló. Y luego, sin que pudiese preverlo, me golpeó con un puño.

Recibí el golpe en el hombro derecho y me costó controlar la parte de mí humillada por aquel gesto. En cambio, el dolor físico me pareció poca cosa.

—Eres una miserable como tu madre —dijo con la respiración entrecortada, y se agarró a la silla para no caerse—. Me dejasteis aquí como a un animal.

Busqué la voz en mi garganta y solo cuando estuve segura de tenerla le pregunté:

—¿Por qué fuiste a su casa? La atormentaste hasta el final.

De nuevo trató de golpearme, pero esta vez estaba preparada; falló y se puso más rabioso.

—¿Qué pensaba de mí? —empezó a gritar—. Nunca sabía qué pensaba. Era mentirosa. Todas erais mentirosas.

—¿Por qué fuiste a su casa? —repetí con calma.

—Para matarla —dijo—. Porque pensaba disfrutar de su vejez dejándome pudrir en esta habitación. Mira lo que tengo aquí abajo. Mira.

Levantó el brazo derecho y me mostró la axila. Tenía pústulas violáceas entre los pelos rizados por el sudor.

—No morirás de eso —dije.

Bajó el brazo, agotado por la tensión. Trató de enderezar el busto, pero la columna vertebral solo quería erguirse unos centímetros. Permaneció con las piernas abiertas, con una mano asida a la silla, y un silbido acatarrado que le salía del pecho. Tal vez también él pensaba que en el mundo, en aquel momento, solo le quedaba ese suelo, solo la silla en la que se sostenía.

—Los seguí durante semanas —murmuró—. Él iba todas las tardes a las seis, bien vestido, con chaqueta y corbata; parecía un figurín. Media hora después salían. Ella llevaba siempre sus cuatro trapos de costumbre, pero le caían de manera que parecía joven. Tu madre era una mujer mentirosa, sin sensibilidad. Caminaba a su lado y hablaban. Luego entraban en un restaurante o en el cine. Salían del brazo, y ella hacía los gestos que le afloraban en cuanto había un hombre: la voz así, la mano así, la cabeza así, las caderas así.

Mientras hablaba agitaba una mano lánguida a la altura del pecho, sacudía la cabeza y parpadeaba, adelantaba los labios, movía las caderas con desprecio. Estaba cambiando de estrategia. Primero había querido asustarme; ahora quería divertirme ridiculizando a Amalia. Pero nada tenía de ella, de ninguna de las Amalias que nos habíamos inventado, ni siquiera de las peores. Y nada tenía de divertido. Era solo un hombre viejo privado de cualquier humanidad por la insatisfacción y la crueldad. Tal vez esperaba un poco de complicidad, un atisbo de sonrisa. Me negué. En cambio, concentré toda la energía en reprimir mi repugnancia. Él se percató y se turbó. Estaba contra la tela en la que trabajaba y de pronto me di cuenta de que trataba de pintar, con aquel cielo rojo fuego, una erupción.

—La has humillado como siempre —le dije.

Mi padre negó confuso con la cabeza, y se volvió a sentar con un largo gemido.

—Fui a decirle que no quería vivir más solo —farfulló y miró con desprecio la cama que tenía al lado.

—¿Querías que volviera a vivir contigo?

No contestó. Desde la ventana llegaba una luz anaranjada que golpeaba contra el vidrio, terminaba en el espejo del armario y se extendía por la habitación haciendo nítido el desorden y la desolación.

—Tengo mucho dinero ahorrado —dijo—. Se lo dije: tengo mucho dinero.

Agregó otras cosas que no escuché. Mientras hablaba, vi de soslayo, debajo de la ventana, la tabla que había admirado de joven en el escaparate de las hermanas Vossi. Las dos mujeres aullando de perfil que casi se correspondían —extendidas de derecha a izquierda en un movimiento mutilado de manos, de pies, de parte de las cabezas, como si la tabla no hubiese logrado contenerlo o hubiese sido obtusamente aserrada— habían terminado allí, en aquella habitación, entre las marejadas, las gitanas y las pastorcillas. Di un largo suspiro de agotamiento.

—Te lo dio Caserta —dije indicando la pintura.

Y me di cuenta de que me había equivocado: no había sido la viuda De Riso la que le había hablado de Caserta y Amalia. Había sido el propio Caserta. Había ido allí, le había hecho aquel regalo al que aspiraba desde hacía décadas, le había hablado de sí mismo, le había dicho que la vejez es fea, que su hijo lo había arrojado a la calle, que entre él y Amalia había existido siempre una amistad devota y respetuosa. Y él le había creído. Y tal vez le había hablado de sí mismo. Y seguramente se habían descubierto desolados y solidarios en la miseria. Me sentí un objeto en el centro de la habitación en misterioso equilibrio.

Mi padre se agitó en la silla.

—Amalia era una mentirosa —estalló—, nunca me dijo que tú no habías visto ni oído nada.

—Te morías de ganas de matar a Caserta a golpes. Te querías liberar de él porque creías que con las gitanas finalmente habría hecho dinero. Sospechabas que le gustaba a Amalia. Cuando fui a decirte que los había visto juntos en el sótano de la pastelería, te imaginaste más cosas de las que yo estaba diciendo. Lo que te dije te sirvió solo para justificarte.

Me miró sorprendido.

—¿Lo recuerdas? Yo ya no me acuerdo de nada.

—Me acuerdo de todo o de casi todo. Solo me faltan las palabras de entonces. Pero conservo su horror, y vuelvo a sentirlo cada vez que en esta ciudad alguien abre la boca.

—Creía que no lo recordabas —murmuró.

—Lo recordaba, pero no lograba contármelo.

—Eras pequeña. ¿Cómo podía imaginar…?

—Podías imaginar. Siempre has sabido imaginar cuando se trataba de hacer daño. Fuiste a casa de Amalia para verla sufrir. Le dijiste que había sido Caserta el que había venido a propósito a verte para hablarte de ellos dos. Le dijiste que te había hablado de mí, de cómo había mentido, hace cuarenta años. Le echaste a ella toda la culpa. Y la acusaste de haberme hecho mala y mentirosa.

Mi padre intentó volver a levantarse de la silla.

—Eras ruin ya de pequeña —gritó—. Fuiste tú la que empujó a tu madre a dejarme. Me utilizasteis y luego me echasteis.

—Le arruinaste la existencia —rebatí—. Nunca la ayudaste a ser feliz.

—¿Feliz? Tampoco yo fui feliz.

—Lo sé.

—Caserta le parecía mejor que yo. ¿Recuerdas los regalos que recibía? Sabía bien que Caserta se los mandaba por cálculo, para vengarse: hoy la fruta; mañana un libro; luego un vestido; después las flores. Sabía que lo hacía para que yo sospechase de ella y le pegase. Hubiera bastado con que rechazase aquellos regalos. Pero no lo hacía. Agarraba las flores y las ponía en un florero. Leía el libro sin esconderse siquiera. Se ponía el vestido y salía. Luego se dejaba golpear a muerte. No me podía fiar. No comprendía qué escondía en la cabeza. No comprendía qué pensaba.

Murmuré, señalando la tabla detrás de él:

—Ni siquiera tú sabes resistirte a los regalos de Caserta.

Se volvió para mirar el dibujo, incómodo.

—Lo hice yo —dijo—. No es un regalo. Es mío.

—Nunca has sido capaz —murmuré.

—Lo hice yo de joven —insistió, y tuve la impresión de que me suplicaba que le creyese—. Se lo vendí a las hermanas Vossi en 1948.

Me senté en la cama sin que me lo pidiese, junto a su silla. Le dije con dulzura:

—Me voy.

Se sobresaltó.

—Espera.

—No —dije.

—No te molestaré. Podemos vivir bien juntos. ¿En qué trabajas?

—Tebeos.

—¿Rinde?

—No tengo muchas exigencias.

—Yo tengo dinero ahorrado —repitió.

—Estoy acostumbrada a vivir con poco —dije.

Y pensé expulsarlo del área infantil de la memoria abrazándolo allí, en aquel momento, para hacerlo humano como, a pesar de todo, tal vez era en realidad. No me dio tiempo. Me golpeó de nuevo, en el pecho. Fingí no haber sentido dolor. Lo rechacé, me puse en pie y salí sin ni siquiera echar una mirada al otro lado del pasillo.

—Tú también eres vieja —chilló detrás—. Quítate ese vestido. Das asco.

Mientras iba hacia la puerta, me sentí en precario equilibrio sobre un pedazo del suelo de la casa de hacía cuarenta años; todavía lograba sostener a mi padre, su caballete, el dormitorio, pero temía que mi peso lo hiciese hundirse. Salí deprisa al rellano y me acerqué a la puerta con cuidado. Una vez al aire libre, observé el vestido. Solo entonces descubrí, con disgusto, que a la altura del pubis tenía una gran mancha con una aureola blancuzca. En aquel lugar la tela era más oscura y, al tocarla, parecía almidonada.

22

Crucé la calle. Después de la esquina reconocí fácilmente el «Ultramarinos» que había sido del padre de Caserta. Estaba cerrado por dos tablones de madera cruzados sobre una persiana metálica doblada en un lado como la punta de la página de un libro. Arriba había un cartel sucio de barro en el que se leía con dificultad: «Sala de juegos». Del triángulo negro abierto en la persiana metálica desvencijada salió un gato de ojos amarillos con la cola de un ratón colgando entre los labios; me miró inquieto y luego se deslizó cautamente entre los tablones y la persiana, y se alejó.

Me moví a lo largo de la pared del edificio. Encontré los respiraderos de los sótanos de la casa. Eran exactamente como los recordaba: aberturas rectangulares a medio metro del suelo, cruzadas por nueve barras y cubiertas por un espeso retículo. Salía por ellas un vaho fresco y un olor a humedad y polvo. Miré dentro protegiéndome los ojos y tratando de habituarme a la oscuridad. No vi nada.

Volví a la entrada de la tienda y examiné la calle. Había un vocerío infantil sin inquietud en una calle que desolada no resultaba tranquilizadora en el crepúsculo. El aire caliente estaba impregnado de un fuerte olor a gas, proveniente de las refinerías. El agua de los charcos estaba coronada por nubes de insectos. En la acera de enfrente niños entre cuatro y cinco años competían corriendo con triciclos de plástico. Parecía vigilarlos cansinamente un hombre de unos cincuenta años, con los pantalones agarrados al vientre bajo una camiseta amarilla muy amplia. Tenía brazos macizos, tórax largo y peludo, piernas cortas. Estaba apoyado contra la pared, junto a una barra de hierro que parecía no pertenecerle: tenía unos setenta centímetros de longitud, afilada en la punta; el resto de una vieja reja abandonada allí por algún niño que la había recuperado entre la suciedad para jugar peligrosamente. El hombre fumaba un cigarro y me miraba.

Crucé la calle y le pregunté en dialecto si me daba cerillas. Extrajo cansadamente del bolsillo una caja de cerillas de cocina y me la tendió, mirando sin disimulo la mancha del vestido. Tomé cinco, cogiéndolas de una en una, como si su mirada no me turbase. Me preguntó sin energía si también quería un cigarro. Se lo agradecí: no fumaba cigarros ni cigarrillos. Entonces me dijo que hacía mal en andar sola. El lugar no era seguro; había mala gente que molestaba incluso a los chicos. Me los señaló agarrando la barra y dándole un rápido giro en dirección a ellos. Se estaban insultando recíprocamente en dialecto.

—¿Hijos o nietos?

—Hijos y nietos —me contestó tranquilamente—. Al primero que intente tocarlos lo mato.

Volví a darle las gracias y crucé otra vez la calle. Solté uno de los tablones, me agaché y entré en el triángulo oscuro detrás de la persiana metálica.

23

Traté de orientarme como si tuviese delante el mostrador con las escenas exóticas pintadas por mi padre tantos años antes. Lo sentí sólido, tan alto como para superar por lo menos cinco centímetros mi cabeza. Luego me di cuenta de que, desde la época en que me había detenido de veras frente a aquel objeto cargado de regaliz y confites, había crecido por lo menos setenta centímetros. Enseguida la pared de madera y metal, que en un momento había tenido casi dos metros de altura, se deslizó hacia abajo y se detuvo a mi costado. Me volví con cautela. Hasta levanté el pie para subir al banco de madera detrás del mostrador, pero fue inútil: naturalmente ya no había mostrador ni banco. Arrastraba los pies por el suelo avanzando a tientas y no encontraba nada; solo basura y algún clavo.

Me decidí a encender una cerilla. El lugar estaba vacío y no existía memoria capaz de colmarlo, solo una silla volcada me separaba de la abertura que llevaba al lugar donde el padre de Caserta había cuidado sus máquinas para elaborar dulces y helados. Dejé caer la cerilla para evitar quemarme y entré en la antigua pastelería. Aunque la pared de la derecha estaba cegada, la de la izquierda tenía tres aberturas rectangulares en lo alto, barradas y tapiadas con el retículo. El lugar estaba lo suficientemente iluminado para que pudiera distinguirse con claridad un catre y sobre él un cuerpo oscuro, tendido como si durmiera. Me aclaré la garganta para sentir que nada sucedía. Encendí otra cerilla, me acerqué y alargué una mano hacia la sombra tendida en el catre. Al hacerlo choqué de costado contra una caja de fruta. Algo cayó al suelo, pero la figura no se movió. Me arrodillé mientras la llama me lamía las yemas. A tientas encontré en el suelo el objeto que había oído caer. Era una linterna de metal. La cerilla se apagó. Con la luz de la linterna iluminé enseguida una bolsa de plástico negro, abandonada sobre la cama como un durmiente. En el colchón sin sábana estaban esparcidas algunas enaguas y algunas viejas bragas de Amalia.

—¿Estás aquí? —pregunté con voz ronca, mal dominada.

No hubo respuesta. Entonces hice girar la luz de la linterna. En un rincón habían extendido una cuerda de una pared a otra. De la cuerda colgaban perchas de plástico con dos camisas, una chaqueta gris, los correspondientes pantalones cuidadosamente doblados y una gabardina. Examiné las camisas: eran de la misma marca de las que había encontrado en casa de mi madre. Entonces hurgué en los bolsillos de la chaqueta y di con unas monedas, siete fichas para el teléfono, un billete de segunda clase Nápoles-Roma vía Formia fechado el 21 de mayo, tres billetes de transporte urbano usados, dos caramelos de fruta, el recibo de un hotel de Formia, cuenta única para dos habitaciones individuales, tres tíquets de tres bares diferentes y la cuenta de un restaurante de Minturno. El billete de tren había sido expedido el mismo día que mi madre salió de Nápoles. La factura del hotel, en cambio, y la del restaurante tenían fecha del día 22. La cena de Caserta y Amalia había sido espléndida: dos cubiertos, seis mil liras; dos ensaladas de marisco, treinta mil liras; dos ñoquis con gambas, veinte mil liras; dos parrilladas mixtas de pescado, cuarenta mil liras; dos guarniciones, ocho mil liras; dos helados, doce mil liras; dos vinos, treinta mil liras.

Mucha comida, vinos... Mi madre comía poquísimo y un sorbo de vino enseguida la mareaba. Volví a pensar en las llamadas que me había hecho, en las obscenidades que me había dicho: tal vez no estaba aterrorizada, sino solo alegre; tal vez estaba alegre y aterrorizada. Amalia tenía la imprevisibilidad de una chispa, no podía imponerle la trampa de un único adjetivo. Había viajado con un hombre que la había aterrorizado al menos tanto como su marido y que sutilmente seguía atormentándola. Junto a él había bajado del tren que la llevaba de Nápoles a Roma para deslizarse a escondidas hacia una habitación de hotel, hacia una playa de noche. No debió de sentirse excesivamente turbada cuando el fetichismo de Caserta surgió con mayor decisión. La sentía, allí en la penumbra, como si estuviese en aquella bolsa sobre la cama, contraída y curiosa, pero no sufriente. Seguramente le había causado más dolor el descubrimiento de que aquel hombre seguía persiguiéndola con perversa constancia, como lo había hecho años antes cuando le había enviado sus regalos sabiendo que la exponía a la brutalidad del marido. Me la imaginaba desorientada cuando supo que Caserta había ido a ver a mi padre para hablarle de ella, del tiempo que pasaban juntos. La veía sorprendida de que mi padre no hubiese matado a su presunto rival, como siempre había amenazado con hacer, sino que lo había escuchado serenamente para luego empezar a espiarla, para maltratarla, para amenazarla, para intentar volver a imponerle su proximidad. Había partido deprisa y furiosa, posiblemente convencida de que su ex marido la seguía. Por la calle, junto con la viuda De Riso, debía de haberse convencido. Una vez en el tren había suspirado de alivio y tal vez había esperado que apareciese Caserta para explicarse, para comprender. La imaginaba confusa y decidida, aferrada solo a la maleta en la que llevaba los regalos para mí. Me recuperé y volví a poner en los bolsillos de la chaqueta de Caserta todas las señales de su recorrido. En el fondo, entre las costuras, había arena.

Cuando continué mi reconocimiento, me quedé sin aliento. La luz de la linterna, al girar, enfocó una silueta femenina de pie contra la pared frente a la cama. Llevé el haz de luz a la silueta que había entrevisto. En una percha colgada con un clavo de la pared estaba, en excelente orden, el traje de chaqueta azul que mi madre llevaba cuando se fue: chaqueta y falda, de una tela tan resistente que Amalia, durante décadas, había logrado adaptarlo con leves modificaciones a todas las circunstancias que consideraba importantes. Ambas prendas habían sido dispuestas en la percha como si la persona que se las había puesto hubiese salido de la ropa solo por un momento prometiendo volver enseguida. Debajo de la chaqueta había una vieja blusa azul pálido que yo conocía bien. Introduje dudando una mano en el escote y encontré uno de los sujetadores de Amalia sostenido con un imperdible a la blusa. Hurgué debajo de la falda: estaba su braga remendada. En el suelo vi los zapatos gastados y pasados de moda que le habían pertenecido, con el tacón bajo varias veces recompuesto, y el panti que yacía encima como un velo.

Me senté en el borde de la cama. Debía tratar de impedir que el traje chaqueta se separase de la pared. Quería que cada una de aquellas prendas permaneciese allí, inmóvil, y consumiese el resto de energía que Amalia había dejado en ellas. Dejé que cada punto se descosiese, que la tela azul volviera a ser tela sin corte, oliendo a nuevo, ni siquiera rozada por Amalia que, joven, con un vestido americano con flores rojas y azules, todavía estaba eligiendo entre las piezas enrolladas, en una tienda densamente perfumada por los tejidos. Discutía con alegría. Todavía estaba pensando en cosérsela, todavía estaba rozando su orillo, todavía estaba levantando una punta para evaluarla al bies. Pero no fui capaz de mantenerla mucho tiempo. Amalia ya trabajaba activamente. Extendía sobre la tela el papel que reproducía las partes de su cuerpo. La sostenía con alfileres, trozo tras trozo. Cortaba tensando el tejido con el pulgar y el corazón de la mano izquierda. Hilvanaba. Cosía con puntos flojos. Medía, descosía, volvía a coser. Veía crecer el vestido como otro cuerpo, un cuerpo más accesible. ¿Cuántas veces había entrado a hurtadillas en el armario del dormitorio, había vuelto a cerrar la puerta, había permanecido en la oscuridad entre sus vestidos, debajo de la falda olorosa de aquel traje chaqueta, respirando el cuerpo de ella, volviendo a vestirme con ellos? Me encantaba que de la urdimbre y la trama del tejido ella supiera sacar una persona, una máscara que se nutría de tibieza y olor, que parecía imagen, teatro, relato. Si ella no me había concedido ni el rozarla, aquella silueta suya fue realmente, hasta los umbrales de mi adolescencia, generosa en sugerencias, imágenes, placeres. El traje chaqueta estaba vivo.

También Caserta debía de pensarlo. Sobre aquel traje su cuerpo se había recostado, cuando en el curso del último año había nacido entre ellos aquella armonía senil, que no lograba evaluar en toda su intensidad y en todas sus implicaciones. Con aquel traje había partido deprisa, agitada después de las revelaciones de mi padre, recelosa, temerosa de que siguieran espiándola. Con aquel traje el cuerpo de Amalia había rozado a Caserta, cuando se había sentado a su lado de improviso, en el tren. ¿Tenían una cita? En aquel momento los veía juntos, mientras se encontraban en el compartimiento apenas estuvieron fuera de la mirada de la viuda De Riso. Amalia todavía esbelta, delgada, con el peinado antiguo; él, alto, seco, cuidado: una hermosa pareja de ancianos. Pero tal vez entre ellos no había acuerdo alguno: Caserta la había seguido al tren por iniciativa propia, se había sentado a su lado, había empezado a hablarle de manera cautivadora como parecía capaz de hacerlo. Además, de cualquier manera que hubieran sucedido las cosas, dudaba de que Amalia pensara presentarse en mi casa con él; tal vez Caserta solo se había ofrecido a hacerle compañía durante el viaje, tal vez en el camino le había empezado a hablar de nuestros veraneos, tal vez, como le sucedía en los últimos meses, ella había empezado a perder el sentido de las cosas, a olvidarse de mi padre, a olvidar que el hombre que estaba sentado a su lado estaba obsesionado por ella, por su persona, por su cuerpo, por su modo de ser, pero también por una venganza cada vez más abstracta, cada vez más imprecisa, puro fantasma entre los muchos fantasmas de la vejez.

O no; ella seguía teniéndolo bien presente y ya proyectaba, como hacía con los vestidos, el pliegue que debía dar a los últimos acontecimientos de su existencia. De todas maneras, de improviso la meta había cambiado, y no por voluntad de Caserta. Había sido seguramente Amalia la que lo empujó a bajar en Formia. Él no podía tener el menor interés en volver a los lugares donde nos habíamos bañado en el mar (mi padre, ella, mis hermanas, yo) en los años cincuenta. En cambio, era posible que Amalia, convencida de que mi padre insistía en espiarlos a escondidas en algún lugar, había decidido pasear aquella mirada por recorridos capaces de petrificarlo. Habían comido en cualquier bar, habían bebido, con seguridad había empezado entre ellos un juego nuevo, que Amalia no había previsto, pero que la seducía. La primera llamada que me había hecho testimoniaba un desorden que la excitaba y desorientaba. Y si bien en el hotel habían tomado habitaciones separadas, la segunda llamada me hacía dudar de que Amalia se hubiese encerrado en su cuarto. Sentía en aquel viejo traje para las grandes ocasiones la fuerza que la empujaba fuera de casa, lejos de mí, y que era el riesgo de que nunca volviese. Veía, en la tela azul, la noche del trastero al lado de su dormitorio, donde me encerraba para luchar contra el terror, el terror de perderla para siempre. No, Amalia no se había quedado en su habitación.

Al día siguiente habían ido juntos a Minturno, probablemente en tren, tal vez en autobús. Por la noche habían cenado sin reparar en gastos, alegremente, hasta el punto de pedir dos botellas de vino. Luego fueron a pasear por la playa. Sabía que, en la playa, mi madre se había puesto la ropa que en un primer momento pensaba regalarme. Tal vez había sido Caserta el que la había inducido a desnudarse y ponerse los vestidos, la ropa interior, la bata que había sustraído para ella de la tienda Vossi. Tal vez Amalia lo había hecho espontáneamente, desinhibida por el vino, obsesionada por la vigilancia neurótica del ex marido. Había que descartar que hubiese habido violencia; la violencia que la autopsia podía descubrir no se había descubierto.

La veía quitarse su viejo traje chaqueta y tenía la impresión de que el vestido había quedado rígido y desolado, colgado en la arena fría como en aquel momento estaba colgado contra la pared. La veía mientras se esforzaba por caber en aquella ropa interior de lujo, en aquellos vestidos demasiado juveniles, vacilando de ebriedad. La veía incluso cuando, exhausta, no se había cubierto con la bata de raso. Debía de haber percibido que algo se había desgarrado para siempre: con mi padre, con Caserta, tal vez también conmigo, cuando decidió cambiar de itinerario. Ella misma se había desgarrado: las llamadas que me había hecho, con toda probabilidad en compañía de Caserta, con su alegre desesperación, solo querían señalarme lo confuso de la situación en la que se encontraba, la desorientación que estaba viviendo. Seguramente, cuando había entrado en el agua desnuda, había sido por decisión propia. La sentía imaginándose apretada entre cuatro pupilas, expropiada por dos miradas. Y la sentía descubriendo agotada que mi padre no estaba, que Caserta seguía sus fantasías de viejo con el cerebro perdido, que los espectadores de aquella puesta en escena estaban ausentes. Había abandonado la bata de raso, solo se había dejado el sujetador Vossi. Probablemente Caserta estaba allí y miraba sin ver. Pero no estaba segura. Tal vez ya se había ido con la ropa de Amalia. O tal vez ella misma lo había obligado a irse. Dudaba de que él hubiese decidido llevarse los vestidos y la ropa interior. En cambio, estaba segura de que Amalia lo había obligado a entregarme los regalos que él le había prometido: último trato para obtener aquella ropa interior vieja que le interesaba. Debían de haber hablado de mí, de lo que había hecho de pequeña. O tal vez hacía ya tiempo que habían entrado en el juego de sadismo de poca monta dirigido por Caserta. Seguramente yo era parte preponderante de sus fantasías seniles y quería vengarse de mí como si fuese la niña de hacía cuarenta años. Me imaginaba a Caserta en la arena, aturdido por el rumor de la resaca y por la humedad, tan desorientado como Amalia, borracho como ella, incapaz de comprender adónde había llegado el juego. Temí que ni se hubiese dado cuenta de que el ratón con el que se había divertido buena parte de su vida se le estaba escapando para ir a ahogarse.

24

Me levanté de la cama sobre todo para no ver más la silueta azul colgada de la pared de enfrente. Vi los escalones que llevaban a la puerta que daba al patio del edificio. Eran cinco, me acordaba muy bien; jugaba con Antonio a saltarlos mientras su abuelo elabora dulces. Los conté al subir. Al llegar arriba, me di cuenta con sorpresa de que la puerta no estaba cerrada, sino entornada; la cerradura se había roto. La abrí y me asomé al zaguán: en un lado estaba el portal que daba al patio, en el otro los tramos de la escalera a cuyo extremo había estado en una época el piso de Caserta. Hacia arriba por aquellos escalones Filippo y mi padre lo habían seguido para matarlo. Él trató primero de defenderse; luego dejó de hacerlo.

Miré hacia arriba, desde el fondo de la escalera, y me dolió la nuca. Tenía una mirada con una vejez de décadas que quería mostrarme más de lo que entonces podía ver. Al relato, quebrado en mil imágenes incoherentes, le era difícil adaptarse a las piedras y al hierro. En cambio, la violencia se cumplía en aquel momento, enroscada en la barandilla de la escalera, y me parecía que había permanecido aquí —aquí y no allí— gritando durante cuarenta años. Caserta había renunciado a defenderse, no por falta de fuerzas o admisión de culpa o cobardía, sino porque el tío Filippo, en el cuarto piso, había agarrado a Antonio y lo sostenía por los tobillos maldiciendo en un dialecto hostil, la lengua de mi madre. El tío era joven, tenía los dos brazos, y amenazaba con dejar caer al niño solo con que Caserta intentara moverse. La tarea de mi padre era fácil.

Dejé la puerta abierta y entré en el sótano. Con la linterna busqué la puertecita que llevaba al nivel más bajo. Pero la recordaba de hierro barnizado, tal vez marrón. Encontré una de madera, de no más de cincuenta centímetros de altura; más bien un postigo, semicerrado, con una argolla en la puerta y otra en el marco; en este último estaba colgado un candado abierto.

Al verla debía admitir de inmediato que la imagen de Caserta y Amalia saliendo o entrando allí bien erguidos y radiantes, a veces del brazo, a veces de la mano, ella con el traje chaqueta, él con el abrigo de pelo de camello, era una mentira de la memoria. También Antonio y yo, cuando pasábamos por allí, debíamos inclinarnos. La infancia es una fábrica de mentiras que perduran imperfectamente; la mía al menos había sido así. Pero sentía las voces de los niños en la calle y me parecía que no eran diferentes de como yo había sido; chillaban en el mismo dialecto; cada uno de ellos se creía otra cosa; eran invenciones, mientras pasaban las tardes en las aceras desoladas bajo la mirada del hombre de la camiseta. Corrían con los triciclos e intercambiaban insultos alternándolos con gritos penetrantes de alegría. Insultos con fondo sexual; en su jerga obscena se insertaba a veces, con obscenidad aún más sangrienta, la voz del hombre de la barra.

Emití un leve gemido. Me oí repetir a Antonio, detrás de aquella puerta, en el espacio negro del sótano, palabras no diferentes de las que estaba oyendo; y él me las repetía a mí. Pero yo mentía mientras las decía. Fingía no ser yo. No quería ser «yo», si no era el yo de Amalia. Hacía lo que me imaginaba que Amalia hacía en secreto. Y le imponía, a falta de recorridos suyos de los cuales pudiera ser parte, mis recorridos de casa a los ultramarinos de Caserta el viejo. Salía de casa, doblaba la esquina, empujaba la puerta de cristal, probaba cremas, esperaba a su compañero de juegos. Era yo y era ella. Yo-ella nos encontrábamos con Caserta. En realidad, cuando Antonio aparecía en la puerta del patio no veía la cara de Antonio, sino que en aquella cara estaba la cara adulta de su padre.

Amaba a Caserta con la intensidad con que me había imaginado que lo amaba mi madre. Y lo detestaba, porque la fantasía de aquel amor secreto era tan vívida y concreta, que sentía que nunca podría ser amada del mismo modo; no por él, sino por ella, Amalia. Caserta había tomado todo lo que me correspondía a mí. Mientras daba la vuelta al mostrador pintado, me movía como ella, hablaba sola remedando su voz, sacudía los párpados, reía como mi padre no quería que riese. Luego subía al escalón de madera y entraba con gestos de mujer en la pastelería. El abuelo de Antonio rociaba la crema ondulada de la manga de tela y me miraba con ojos profundos, velados por el calor de los hornos.

Empujé la puerta e introduje la luz de la linterna. Me agaché, las rodillas contra el pecho y la cabeza inclinada. Encorvada de aquella manera, me arrastré hacia arriba por tres escalones resbaladizos. Después de aquel recorrido acepté recordarlo todo; todo lo que de verdadero custodiaban las mentiras.

Era seguramente Amalia, cuando un día encontré la pastelería vacía y aquella puerta abierta. Era Amalia que, desnuda como la gitana pintada por mi padre, alrededor de la cual volaban desde hacía semanas los insultos, los juramentos, las amenazas, iba a restregarse en el sótano oscuro con Caserta. Era, en imperfecto. Me sentía ella con sus pensamientos, libre y feliz, escapada de la máquina de coser, de los guantes, de la aguja y del hilo, de mi padre, de sus telas, del papel amarillento sobre el que había terminado en borrones sanguinos. Era idéntica a ella y, sin embargo, sufría por lo incompleto de esa identidad. Lográbamos ser «yo» solo en el juego, y ahora lo sabía.

Pero inclinado, en el fondo de los tres escalones después de la puerta, Caserta me miró de soslayo y me dijo: «Ven». Mientras me inventaba que su voz, junto con aquel verbo, daba sonido también a «Amalia», subió levemente un dedo nudoso y sucio de crema por mi pierna, debajo del vestidito que me había hecho mi madre. Sentí placer con aquel contacto. Y me di cuenta de que se sucedían tercamente en mi cabeza las obscenidades que entretanto el hombre balbuceaba ronco, tocándome. Las memorizaba y me parecía que las decía con una lengua roja que hablaba, no desde la boca, sino desde los calzoncillos. Estaba sin aliento. Sentía a la vez terror y placer. Trataba de contenerlos a ambos, pero me daba cuenta con ansiedad de que el juego no resultaba. Era Amalia la que sentía todo el placer y a mí me quedaba solo el terror. Cuanto más sucedían las cosas más despechada me sentía, porque no lograba ser «yo» en el placer de ella, y solo temblaba.

Además Caserta no me resultaba convincente. A veces lograba ser Caserta, a veces confundía sus rasgos. Aquello me alarmaba cada vez más. Estaba sucediendo como con Antonio: durante nuestros juegos, yo era Amalia con convicción, pero él era su padre débilmente, tal vez por defecto de la imaginación. Entonces lo odiaba. Sentirle Antonio me hacía ser mezquinamente Delia allí abajo, en el sótano, con una mano en su sexo; y mientras tanto Amalia jugaba a ser realmente Amalia quién sabe dónde, excluyéndome de su juego como a veces las niñas del patio.

Así en un momento dado hube de ceder y admitir que el hombre que me decía «Ven» en el fondo de los tres escalones del sótano era el vendedor de ultramarinos, el viejo lóbrego que elaboraba helados y dulces, el abuelo del pequeño Antonio, el padre de Caserta. Pero Caserta no; Caserta seguramente estaba en otra parte, con mi madre. Entonces lo rechacé y me escapé llorando. Salté sobre el pedazo de suelo donde estaba mi padre, el caballete, el dormitorio. Le conté, en el dialecto desvergonzado del patio, las cosas obscenas que el hombre me había hecho y dicho. Lloraba. Tenía en la mente con claridad el viejo rostro deformado por la inflamación de la piel y por el miedo.

Caserta, le dije a mi padre. Le dije que Caserta le había hecho a Amalia, con su consentimiento, en el sótano de la pastelería, todo lo que en realidad el abuelo de Antonio me había dicho y tal vez hecho a mí. Él dejó de trabajar y esperó a que mi madre volviese a casa.

Decir es encadenar tiempos y espacios perdidos. Me senté en el último escalón, creyendo que era el de entonces. Me repetí en un murmullo, una por una, las fórmulas obscenas que el padre de Caserta me había desgranado con creciente agitación cuarenta años antes. Y me di cuenta de que, en esencia, eran las mismas que mi madre burlonamente me había gritado por teléfono, antes de ir a ahogarse. Palabras para perderse o para encontrarse. Tal vez quería comunicarme que también ella me detestaba por lo que le había hecho hacía cuarenta años. Tal vez de aquella manera quería hacerme comprender quién era el hombre que se encontraba allí con ella. Tal vez quería decirme que me cuidara, que estuviese atenta a las furias seniles de Caserta. O tal vez quería simplemente demostrarme que también aquellas palabras podían decirse y que, al contrario de lo que había creído durante toda la vida, podían no hacerme daño.

Me aferré a esta última hipótesis. Estaba allí, agazapada en el umbral de atormentadas fantasías, para encontrar a Caserta y decirle que nunca había querido perjudicarlos. Ya no me interesaba la historia entre él y mi madre; solo deseaba confesar en voz alta que, entonces y después, no le había odiado a él y tal vez ni siquiera a mi padre; solo a Amalia. A ella quería hacerle daño. Porque me había dejado en el mundo jugando sola con las palabras de la mentira, sin medida, sin verdad.

25

Pero Caserta no apareció. En el sótano no había más que cajas de cartón vacías y viejas botellas de gaseosa o de cerveza. Me arrastré fuera, llena de polvo, molesta por el leve roce de las telarañas, y volví al catre. En el suelo vi mi braga manchada de sangre y la empujé con la punta del pie debajo del catre. Me molestaba más descubrirla en aquel lugar como una parte huida de mí que imaginar el uso que Caserta habría hecho de ella.

Volví a la pared donde estaba colgado el traje azul de Amalia. Descolgué la percha, estiré con delicadeza el vestido sobre el catre, me puse la chaqueta; dentro tenía una costura descosida; los bolsillos estaban vacíos. Me la puse encima como si quisiese ver cómo me quedaba. Luego me decidí; apoyé la linterna en el catre, me quité el vestido y lo dejé en el suelo; luego volví a vestirme con cuidado, sin prisa. Usé el imperdible con el que Caserta había colgado el sujetador a la blusa para apretarme la falda a la cintura, ya que era demasiado ancha. También la chaqueta era amplia, pero me la acomodé con satisfacción. Sentí aquella ropa vieja como la narración extrema que mi madre me había dejado y que ahora, con todos los artificios necesarios, me quedaba perfecta.

La historia podía ser más débil o más seductora que la que me había contado. Bastaba con sacar un hilo y seguirlo en su linealidad simplificadora. Por ejemplo, Amalia se había ido junto con su viejo amante y con él había pasado unas últimas vacaciones secretas, riendo ruidosamente, comiendo y bebiendo, desnudándose en la arena, poniéndose y quitándose la ropa que pensaba regalarme. Un juego de anciana que se finge joven, para complacer a otro anciano. Finalmente decidió bañarse desnuda. Pero, mareada como estaba, se alejó demasiado de la orilla y se ahogó. Caserta había tenido miedo, lo había recogido todo y se había ido. O bien corría desnuda por la orilla y él la seguía, ambos jadeantes, ambos aterrorizados, ella por el descubrimiento de los deseos de él, él por el descubrimiento del rechazo de ella. Hasta que Amalia creyó poder huir de él en el agua.

Sí, bastaba con tirar de un hilo para seguir jugando con la figura misteriosa de mi madre, enriqueciéndola, humillándola. Pero me di cuenta de que ya no sentía la necesidad y me moví en el haz de luz justo como me parecía que se movía ella. Después de haber apagado la linterna, me incliné hacia el triángulo azulado de la persiana metálica y saqué la cabeza al aire libre. Las luces estaban encendidas, pero todavía había claridad. Los niños ya no corrían ni gritaban. Estaban alrededor de un hombre encorvado, con el rostro a la altura de sus caras y las manos en las rodillas. El hombre era Caserta. Tenía la cabeza poblada de cabellos blancos y una expresión cautivadora. Todos, los pequeños y el mayor, tenían los zapatos en un charco brillante. Los niños habían empezado a desenvolver los caramelos que les había dado.

Miré a aquel viejo flaco, bien afeitado, bien vestido, el rostro pálido y tenso, y ya no sentí la menor necesidad de hablarle, de saber, de hacerle saber. Decidí deslizarme por la acera, doblar la esquina, pero él se volvió y me vio. Su estupor fue tal que no se dio cuenta de lo que sucedía a su espalda. El hombre en camiseta había apoyado con cuidado la barra contra la pared, acababa de tirar el cigarro y se le acercaba mirando derecho delante de él, con el tórax erguido, las piernas cortas que daban pasos sensatamente tranquilos. Los niños retrocedieron y salieron del charco. Caserta se quedó solo en el espejo de agua violeta, con la boca abierta, los ojos sin ansiedad fijos en mí. Su calma me ayudó a respirar. Volví a los ultramarinos de hacía cuarenta años, tuve cuidado de no chocar contra el mostrador con palmeras y camellos, subí el escalón de madera, crucé la pastelería esquivando con habilidad el horno, las máquinas, los mostradores, las fuentes, y salí por la puerta que daba al patio. Una vez al aire libre busqué el paso justo para una persona adulta que no tiene prisa.

26

El gas ardía en la noche sobre los pináculos de las refinerías. Viajé en un tren directo lento como una agonía, después de haber buscado y encontrado un compartimiento iluminado, sin pasajeros sumergidos en el sueño. Quería que, si no todo el tren, al menos mi asiento mantuviese su consistencia. Encontré un lugar al lado de unos muchachos de unos veinte años, reclutas de regreso de un breve permiso. En un dialecto casi incomprensible exhibían en cada frase una agresividad aterrorizada. Habían perdido el tren que les habría permitido llegar puntuales al cuartel. Sabían que serían castigados y tenían miedo. Pero no lo confesaban. En cambio, entre risas y escarnios, proyectaban someter a los oficiales que los castigarían a humillaciones sexuales de todo tipo. Las colocaban en un futuro indeterminado y, mientras tanto, las describían con todo detalle. Sostenían, dirigiéndose a mí, pero de reojo, que de nadie tenían miedo. Cada vez me lanzaban miradas más descaradas. Uno de ellos empezó a dirigirme la palabra directamente y a ofrecerme cerveza de la lata de la que había bebido. No bebí. Los otros se reían burlonamente sin lograr contenerse, empujándose unos a otros con los cuerpos contraídos por la risa y luego rechazándose con fuerza, morados.

Bajé en Minturno. Llegué a la Appia a pie, por calles desiertas, entre torres vulgares y vacías. Todavía estaba oscuro cuando encontré la casa de nuestros veraneos, una construcción de dos pisos con el tejado a dos aguas, cerrada y muda bajo el rocío. Con las primeras luces, tomé un sendero arenoso. Solo había escarabajos y lagartos inmóviles, en espera de las primeras tibiezas. Las hojas de las cañas con las que había fabricado para mis hermanas y para mí estructuras de cometas me mojaban el traje chaqueta en cuanto lo rozaban.

Me quité los zapatos y hundí los pies doloridos en una arena fina, fresca y sucia, entre desechos de todo tipo. Fui a sentarme en un tronco de árbol cerca de la orilla, en espera de que el sol me calentase, pero también para aferrar mi presencia a un despojo bien arraigado en la arena. El mar estaba en calma y azul bajo el sol, pero los rayos llegaban con dificultad a la orilla y dejaban en la arena una sombra gris. Una neblina próxima a desvanecerse lograba aún borrar la vegetación, las colinas, las montañas. Ya había vuelto a aquel lugar después de la muerte de mi madre. No había visto el mar ni la playa. Solo había visto detalles: la valva blanca de una conchilla, rayada con exactitud; un cangrejo con los segmentos del abdomen vueltos hacia el sol; el plástico verde de un envase de detergente; ese tronco en el que estaba sentada. Me había preguntado por qué mi madre había decidido morir en aquel lugar. Nunca lo sabría. Yo era la única fuente posible del relato; no podía ni quería buscar fuera de mí.

Cuando el sol empezó a lamerme, sentí a Amalia joven y llena de asombro por la aparición del primer biquini. Decía: «Las dos piezas me cabrían en una sola mano». Ella, en cambio, llevaba un bañador verde hecho por ella misma, cerrado, fuerte, adecuado para sofocar las formas, siempre el mismo a través de los años. Por prudencia controlaba a menudo que la tela no se le subiese por los muslos o las nalgas. El domingo, aparentemente porque así lo había decidido, se quedaba envuelta en una toalla como si tuviese frío, en la tumbona debajo de la sombrilla, al lado de mi padre. Pero no tenía frío. En los días festivos llegaban a la playa, desde el interior, grupos de muchachos con el pelo ensortijado, con bañadores indecentes, con la cara, el cuello y los brazos quemados por el sol, y con el resto blanco, vocingleros, pendencieros, dedicados durante horas, ya fuera en serio o a modo de juego, a luchas furibundas en la arena o en el agua. Mi padre, que en general pasaba el tiempo en la orilla comiendo almejas sacadas de la arena, al verlos cambiaba de humor y de actitud. Obligaba a Amalia a no alejarse de la sombrilla. La espiaba para saber si los miraba de reojo. Cuando los muchachos, en sus exhibiciones, sucios de arena hasta los cabellos, se acercaban demasiado a la sombrilla riendo, nos reunía deprisa y nos obligaba a las cuatro a quedarnos a su lado. Mientras, les declaraba la guerra a los jóvenes con miradas feroces. Nosotras, como siempre, teníamos miedo.

Pero lo que recuerdo con mayor fastidio de aquellas vacaciones era el cine al aire libre adonde íbamos a menudo. Mi padre, para protegernos de eventuales inoportunos, hacía sentar a la más joven de mis hermanas en el primer asiento de la fila, el que estaba junto al pasillo central. Luego ordenaba a la otra que se sentara a su lado. Seguía yo, mi madre y finalmente él. Amalia asumía un aire entre divertida y asombrada. Yo, en cambio, interpretaba aquella disposición de los lugares como una señal de peligro y me inquietaba cada vez más. Cuando mi padre se acomodaba en su lugar y pasaba un brazo por los hombros de su mujer, aquel gesto me parecía la última fortificación contra una amenaza oscura que pronto se revelaría.

Empezaba la película, pero yo sentía que no estaba tranquilo. Asistía al espectáculo nervioso. Si por casualidad Amalia se volvía para mirar hacia atrás, enseguida lo hacía también él. A intervalos fijos le preguntaba: «¿Qué pasa?». Ella lo tranquilizaba, pero mi padre no confiaba. Yo estaba sugestionada por su ansiedad. Pensaba que, si me hubiese sucedido algo —lo más terrible, no sabía qué—, se lo habría ocultado. Llegaba a la conclusión, no sé por qué, de que también Amalia se habría comportado del mismo modo. Pero esta certidumbre me daba aún más miedo. Porque, si mi padre hubiese descubierto que ella le había ocultado la tentativa de acercamiento de algún extraño, habría tenido enseguida la prueba de todas las otras innumerables complicidades de Amalia.

Yo ya tenía aquellas pruebas. Cuando íbamos al cine sin él, mi madre no respetaba ninguna de las reglas que le había impuesto: miraba a su alrededor libremente, reía como no se debía reír y charlaba con desconocidos, por ejemplo con el vendedor de caramelos, que cuando se apagaban las luces y aparecía el cielo estrellado se sentaba a su lado. Por eso, cuando estaba mi padre, no lograba seguir la historia de la película. Lanzaba miradas furtivas en la oscuridad para ejercer a mi vez un control sobre Amalia, anticipar el descubrimiento de sus secretos, evitar que también él descubriese su culpabilidad. Entre el humo de los cigarrillos y el destello del haz de luz lanzado por el proyector, fantaseaba aterrada con cuerpos de hombres en forma de engendros que saltaban ágiles por debajo de las hileras de asientos, y estiraban, no garras, sino manos y lenguas viscosas. Así, me cubría de un sudor helado a pesar del calor.

Entretanto Amalia, después de una mirada furtiva de reojo, curiosa y a la vez aprensiva, abandonaba la cabeza sobre el hombro de mi padre y parecía feliz. Aquel doble movimiento me laceraba. No sabía adónde seguir a mi madre en fuga, si a lo largo del eje de aquella mirada o por la parábola que su peinado dibujaba en el hombro de su marido. Estaba allí al lado de ella y temblaba. Hasta las estrellas, tan abundantes en verano, me parecían resplandores de mi desamparo. Estaba tan decidida a llegar a ser diferente de ella, que perdía una a una las razones para parecerme.

El sol empezó a calentarme. Busqué en el bolso y saqué mi documento de identidad. Miré largamente la foto, estudiándome para reconocer a Amalia en aquella imagen. Era una foto reciente, hecha especialmente para renovar el documento caducado. Con un rotulador, mientras el sol me quemaba el cuello, dibujé alrededor de mis rasgos el peinado de mi madre. Alargué los cabellos cortos partiendo de las orejas y trazando dos amplias bandas que se cerraban en una onda negrísima levantada sobre la frente. Hice el esbozo de un rizo rebelde sobre el ojo derecho, mantenido con dificultad entre el nacimiento de los cabellos y las cejas. Me miré, me sonreí. Aquel peinado anticuado, que se usaba en los años cuarenta pero ya era raro a fines de los cincuenta, me quedaba bien. Amalia había sido. Yo era Amalia.

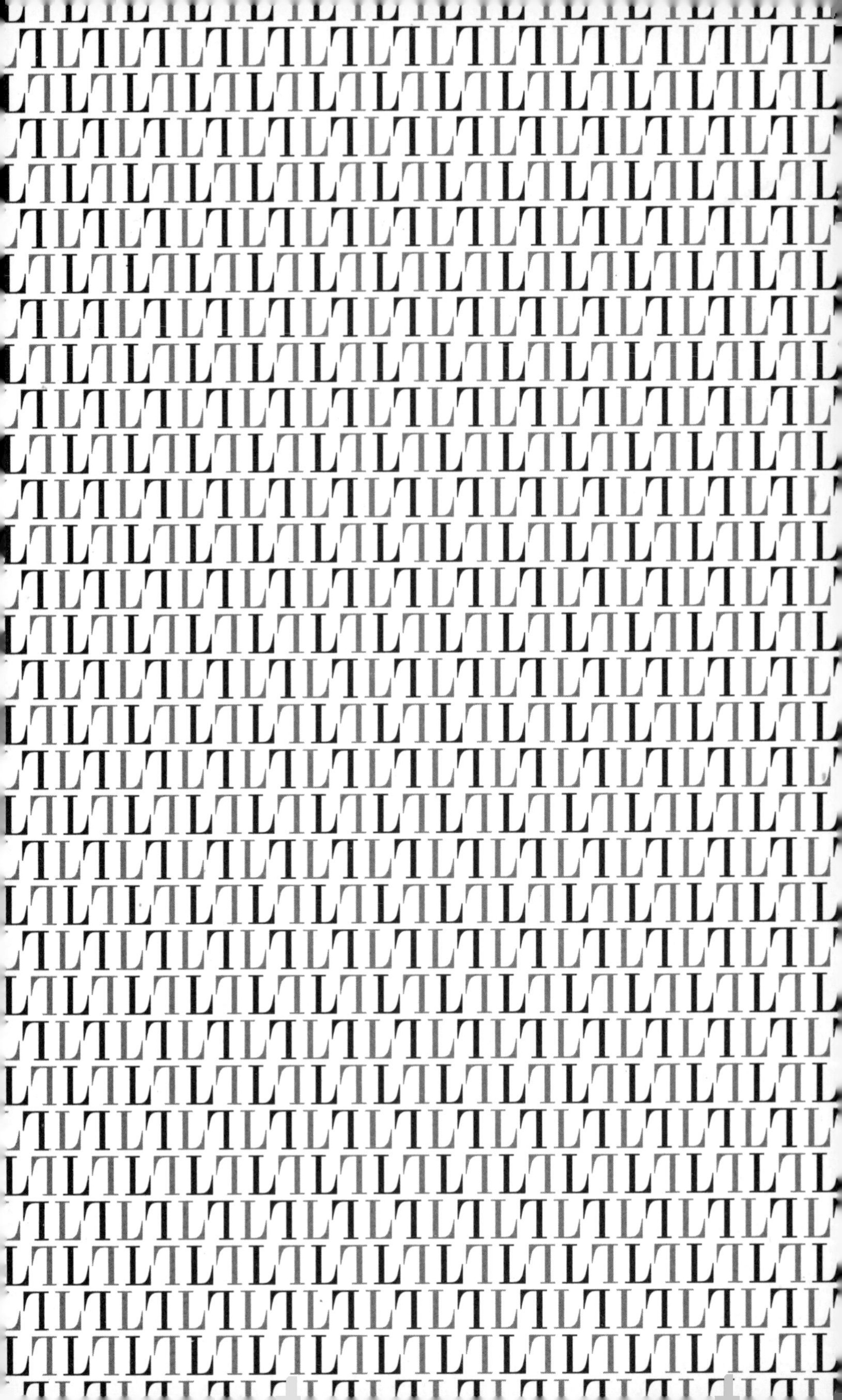